세계 교과서 동화
멕시코

옮긴이 **송정남** / 그린이 **이용규** 외

(주)학은미디어

태양과 고원의 나라

사막과 선인장, 그리고 챙이 넓은 솜브레로 모자!

바로 태양과 고원의 나라, 중부 아메리카 최대의 연방 공화국인 멕시코의 상징이지요.

멕시코에서 살게 되면 몇 가지 우리들이 잘못 생각하고 있었던 점들을 깨닫게 된답니다.

탕탕! 타탕!

영화에서 보면 커다란 솜브레로를 쓴 멕시코 갱단이 많이 등장하잖아요? 그래서 우리들의 머릿속에는 멕시코에 대한 잘못된 인상이 많이 담겨 있는 것 같아요. 이웃 나라인 미국보다 가난하고, 법이 무시되고, 주먹이 앞서는 나라로요. 그런데 결코 그렇지 않아요. 술병을 들고 거리에 돌아다니면 즉시 형사 입건되리만큼 법이 엄격해요.

멕시코 사람들은 예의 지키는 것을 진짜진짜 중요하게 생각하고, 인간 관계를 아주 중요하게 생각해요. 그래서 멕시코에서 살려면 무엇보다도 서로 믿을 수 있는 좋은 친구 관계를 만드는 것이 중요하답니다. 똑같은 일을 하더라도 친구 사이라면 더 친절하고 더 열심히 도와 주거든요.

반가운 사람들끼리 만났을 때는, 여자들끼리는 볼과 볼을 대고 가볍게 비비며 입으로 뽀뽀하는 소리를 낸답니다. 남자들인 경우에는 가볍게 포옹하고 악수를 나누면 되고요.

멕시코에서 꼭 하나 주의할 점은요, 손가락으로 OK를 표시하면 큰일나요! 이 사인은 나쁜 뜻이므로 절대로 하면 안 된다는 걸 기억하면서, 멕시코 어린이들의 마음 세계로 출발해 볼까요?

엮은이 송정남

 # 멕시코 (Mexico)

멕시코는 미국 남서부에 잇닿아 있으며, 북아메리카 대륙과 남아메리카 대륙을 잇는 중간 지대에 위치한다.

아스테카, 마야, 톨텍 등 고대 문명이 찬란하게 꽃피었으나 300여 년(1521~1810) 동안 스페인(에스파냐)의 지배를 받았다. 이 때 토착 인디언 문화에 스페인의 문화가 융합하여 멕시코 특유의 문화를 이루어 냈다.

국민의 반 정도가 백인과 인디언의 혼혈인 메스티소이며, 국민의 약 90%가 카톨릭 교도이다.

MEXICO

- 정식 명칭 : 멕시코 합중국
        (Estados Unidos Mexicanos)
- 위치 : 북아메리카 남서부
- 면적 : 196만 4375㎢
- 인구 : 1억 명(2001년)
- 인구 밀도 : 51.1명/㎢(2001년)
- 수도 : 멕시코
- 정체 : 연방 공화제
- 공용어 : 에스파냐어
- 통화 : 페소(Peso)
- 나라꽃 : 달리아

차 례

손바닥 백과

용감한 꼬맹이 인디언

어느 마을에 서로 아껴 주면서 살아가는 인디언 가족이 있었습니다.

인디언들에게는 말이 참 중요한 가축입니다.

"워! 워! 오늘도 수고했다. 자, 맛있는 여물을 먹거라."

'떠오르는 해'라는 이름을 가진 아빠는 멋진 말을 한 마리 가지고 있었습니다.

'버드나무 가지'라는 이름을 가진 엄마도 날씬한 말을 가지고 있었습니다.

‘떡갈나무 잎’이라는 이름을 가진 형 역시 늠름한 말을 한 마리 가지고 있었습니다.

‘금빛 나무 줄기’라는 이름을 가진 예쁜 누나 역시 날씬한 말 한 마리를 가지고 있었습니다.

그런데 이 가족 중에서 말을 갖지 못한 사람이 딱 한 명 있었습니다.

‘꼬맹이’라고 불리는 막내에게만은 말이 없었습니다. 언젠가 아빠가 엄마에게 이런 말을 하는 것을 꼬맹이가 들은 적이 있었습니다.

“인제 우리 꼬맹이에게도 말이 필요하지 않겠소?”

“아직은 안 돼요. 우리 꼬맹이가 말을 갖기에는 너무 어려요. 말을 타다가 떨어지기라도 하면 어떡해요?”

“맞아! 좀더 크면 마련해 주기로 합시다.”

그 말을 들었을 때 꼬맹이는 몹시 자존심이 상했습니다.

'칫! 떨어지지 않고 잘 탈 자신이 있는데! 꼬맹이 인디언을 어떻게 보고 저런 말씀을 하실까?'

그러나 넉넉지 않은 집안 형편을 잘 알기 때문에 고집을 부리지는 않았습니다. 그래서 요즈음 꼬맹이 인디언의 가장 큰 바람이 있다면, 검은 갈기를 휘날리며 달릴 수 있는 커다란 말을 한 마리 갖는 것이었습니다.

어느 날, 아침 식사를 하시던 아빠가 가족들에게 말했습니다.

"오늘 새벽 일찍 사냥을 나갔는데, 멀리 말 한 마리가 누워 있는 것처럼 보이지 뭐야?"

형이 눈을 번쩍 빛내며 물었습니다.

"말이 들판에 누워 있다고요? 그럼 얼른 끌

고 오시지 않고요?"

아빠가 빙긋 웃으며 손을 내저었습니다.

"아니야, 아마도 내가 눈부신 아침 햇살 때문에 잘못 본 것일 게다. 햇빛에 아지랑이가 반사되어 나타나는 신기루 같은 것이었을 거야."

엄마도 고개를 끄덕이며 말했습니다.

"그럴 거예요. 귀한 말을 밤새도록 들판에 놔 두는 사람이 어디 있겠어요?"

"그래, 새벽 햇살 속에서는 잘못 보기가 쉬운 법이니까."

아빠는 그래도 뭔가 아쉬운 듯 고개를 한 번 갸우뚱하더니, 뜨거운 옥수수 수프를 훌훌 불어 가며 들이마셨습니다.

"그럼 오늘도 열심히 일해 볼까?"

"네, 출발하지요, 아빠!"

신기루 : 바다 위나 사막에서, 대기의 밀도가 층층이 달라졌을 때 빛이 굴절함으로써 엉뚱한 곳에 물체가 있는 것처럼 보이는 현상.

아빠와 형은 먼 데 있는 밭으로 일하러 나가고, 누나도 엄마를 도와서 개울가로 빨래를 하러 나갔습니다.

"야, 꼬맹이! 얌전히 놀아야 돼. 알았지?"

누나가 엄마를 따라 종종걸음치면서 동생에게 따끔한 한마디를 남겼습니다.

'에이, 걱정도 많네. 내가 뭐 어린애인가?'

꼬맹이 인디언의 귀여운 입이 쏘옥 나왔습니다.

이제 집 안에는 꼬맹이 인디언 혼자만 남게 되었습니다.

'아빠가 본 것은 정말 말이 아니었을까? 햇살이 아무리 반짝인다고 말처럼 큰 동물로도 보일 수 있을까? 혹시 진짜 말이었다면? 서서 달려야 할 말이 누워 있다면, 큰 사고가 나서 다친 것일 텐데……. 그럼 빨리 치료를 해 줘야 하지 않을까?

그냥 놔 두면 너무나 불쌍하잖아.'

꼬맹이 인디언의 머릿속은 아빠가 말한, 누워 있다는 말에 대한 생각으로 꽉 차 있었습니다.

'안 되겠다. 내가 한번 찾아가 봐야지.'

혼자 멀리 나가면 안 된다는 엄마의 당부가 있었지만, 애가 탄 꼬맹이 인디언은 빠른 걸음으로 집을 나섰습니다.

끝이 보이지 않으리만큼 드넓은 들판은 온통 흰 마거리트 꽃으로 뒤덮여 있었습니다. 정말 아름다운 들판이었습니다.

꼬맹이 인디언은 걷고 또 걸어서, 집에서 볼 때 들판의 끝으로 보이는 곳까지 이르렀습니다.

꼬맹이 인디언은 바로 그 곳에서 아빠가 보았던 똑같은 광경을 보았습니다.

그렇지만 조금 더 걸어가자 아빠가 잘못 본 것이

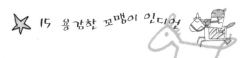

아니란 걸 알게 되었습니다. 마거리트 꽃밭 한가운
데 진짜 커다란 흰 말이 누워 있었기 때문입니다.

"야, 말이다!"

꼬맹이 인디언은 말 주둥이를 부드럽게 쓰다듬어 주었습니다. 말은 몹시 괴로운 듯 입가에서 거품이 흘러내리고 있었습니다.

'가엾기도 해라! 우선 물을 마시게 해야 해. 그러지 않으면 죽고 말 거야.'

꼬맹이 인디언은 작은 팔로 말의 목을 껴안아 주면서 속삭였습니다.

"내가 뛰어가서 물을 가져올게. 조금만 기다려, 응?"

마음이 급해진 꼬맹이 인디언은 숲 속 개울가로 정신 없이 뛰어갔습니다.

'얼마나 목이 마를까? 가여워라!'

그 곳에는 언제라도 사람들이 지나가다가 마실 수 있도록 인디언들이 놓아 둔 큰 항아리가 있었습니다. 항아리에 물을 찰찰 채워 부리나케 말에게 돌아왔습니다.

"히힝!"

물을 마시지 못해서 몹시 목이 말랐던 말은 항아리 속의 물을 단숨에 마셔 버렸습니다. 가여운 생각에 꼬맹이 인디언은 말을 쓰다듬어 주었습니다.

'배도 몹시 고프겠지?'

꼬맹이 인디언은 근처에서 마른풀 덤불을 찾아 냈습니다. 꼬맹이 인디언은 얼른 마른풀을 한 아름 뜯어다 말 앞에 놓아 주었습니다.

"어서 먹어라."

말은 꼬맹이 인디언이 가져다 준 풀 역시 단숨에 먹어 치웠습니다. 그제서야 말의 눈에 조금 생기가 도는 것 같았습니다.

"…………."

말은 고맙다는 뜻인 듯 머리를 꼬맹이 인디언의

옷자락에 가볍게 비벼 댔습니다.

식구들이 돌아오기 전에 집에 가야 했기 때문에 꼬맹이 인디언은 일어섰습니다.

"나는 지금 가야 돼. 나중에 다시 올게. 내가 너를 도울 수 있는 방법이 있는지 열심히 생각해 볼게. 잘 있어."

꼬맹이 인디언은 차마 발길이 떨어지지 않았습니다. 몇 번 더 말의 머리를 쓰다듬어 주고는 그 곳을 떠났습니다.

꼬맹이 인디언은 집으로 돌아와서 자기가 해야 할 집안일을 열심히 했습니다. 앞마당을 청소하고 아빠가 만들어 놓은 장작을 창고에 옮겨 놓는 일 따위가 그가 할 일이었습니다.

어느덧 밤이 되었습니다. 식구들은 낮에 열심히 일을 했기 때문에 모두가 곤히 잠들었지만 꼬맹이 인디언만은 잠을 잘 수가 없었습니다.

'흰 말은 지금 어떻게 하고 있을까?'

밤에는 날씨가 쌀쌀하게 마련입니다.

'깜깜한 풀밭 위에서 얼마나 무서울까? 추워서 감기에 걸릴지도 모르는데……'

그런 생각이 들자 꼬맹이 인디언은 걱정이 되어 도저히 누워 있을 수가 없었습니다.

'안 되겠다. 내가 가 봐야겠어. 이불이라도 갖다 가 덮어 줘야지.'

꼬맹이 인디언은 살그머니 일어났습니다. 그리고 자기가 덮고 있던 포근한 양털 이불을 껴안고 집을 빠져 나왔습니다.

별빛이 있기는 했지만 사방이 아주 깜깜했습니다. 먼 나무숲에서 부엉이가 울었습니다. 아빠 엄마랑 밤에 외출했다 돌아오다가 숲에서 들리는 밤

새들의 울음소리를 들었을 때는 하나도 무섭지 않았는데, 혼자 듣는 밤새 소리는 가슴이 덜덜 떨리게 만들었습니다.

'에고, 무서워라. 그만 집으로 돌아갈까?'

한 발 한 발 앞으로 내딛는 발이 덜덜 떨렸습니다. 그래도 가엾은 흰 말을 생각하면서 용기를 내서 어둠을 헤쳐 나갔습니다.

어느덧 흰 말이 있는 자리에까지 왔습니다.

'야, 말이다!'

꼬맹이 인디언의 마음 속 가득 기쁨이 일렁거렸습니다.

"말아, 나야! 겁내지 마."

꼬맹이 인디언은 크게 말하며 뛰어가서 말의 주둥이를 어루만져 주었습니다.

한밤중의 추위에 말은 심하게 떨고 있었습니다.

"내가 이럴 줄 알고 내 이불을 가져왔단다. 자,
어서 같이 덮고 자자."

꼬맹이 인디언은 말에게 자기 이불을 덮어 준 다
음, 자기도 그 속에 들어가 말을 껴안고 잠이 들었
습니다.

아침에 식구들이 일어나 보니, 자고 있어야 할 꼬맹이 인디언이 보이지 않았습니다.

"얘가 어디 갔지?"

"글쎄 말예요. 어서 나가서 찾아봅시다."

집안 식구들은 모두 꼬맹이 인디언을 찾아 나섰습니다.

"꼬맹아! 꼬맹아!"

꼬맹이 인디언을 찾는 소리가 온 들판에 울려 퍼졌습니다.

그들이 온통 마거리트 꽃으로 덮인 들판에 도착
했을 때, 아빠가 놀라서 소리쳤습니다.

"우리 꼬맹이의 이불이잖아?"

"어머나! 꼬맹이의 이불이 왜 들판에 나와 있
지?"

식구들이 빠른 걸음으로 다가가 보니, 커다란 흰
말이 꼬마 인디언의 이불 속에서 잠들어 있는 것이
보였습니다. 그리고 말 옆에 바싹 붙어 잠들어 있
는 꼬맹이도 보였습니다.

"허! 이것 참!"

아빠는 꼬맹이 인디언을 흔들어 깨웠습니다.

"어, 아빠!"

꼬맹이 인디언은 깜짝 놀라 눈을 비비며 일어났
습니다.

"밤에 말이 추울 것 같아서 이불을 가져왔어요.

흰 말은 진짜예요!"

꼬맹이 인디언의 말에 아빠가 어처구니없다는 얼굴로 물었습니다.

"한밤중에 캄캄한 들판을 혼자 걸어 여기까지 왔단 말이냐?"

"네, 밤중에 추운데 있다가 말이 감기에라도 걸리면 불쌍하잖아요."

아빠는 꼬맹이 인디언의 말에 빙긋 미소를 지었습니다. 아빠는 그제야 마음을 놓았습니다. 그리고 또한 자기의 어린 아들이, 말을 돕기 위해 어둠과 용감히 싸웠다는 것이 자랑스러웠습니다.

"자, 아빠가 말을 좀 살펴보마."

"발목이 부러진 것 같은데요."

형이 아빠에게 말했습니다. 아빠는
흰 말을 꼼꼼히 살펴보았습니다.

처음에 사람들을 보고 놀랐던 흰 말도 이제 안정을 찾아 편안한 눈빛을 하고 있었습니다.

"쯧쯧, 한 쪽 다리가 부러졌구나!"

아빠는 흰 말의 발목 부러진 곳에 나무를 대어 묶어 주었습니다. 그러자 흰 말은 절룩거리면서 걸을 수 있게 되었습니다.

꼬맹이 인디언의 가족은 흰 말을 앞세우고 아침 햇살이 빛나는 들판을 걸어 집으로 돌아왔습니다.

"아빠, 제가 이 말을 가져도 돼요?"

꼬맹이 인디언이 아빠의 눈치를 보면서 물었습니다. 아빠는 언제나 '아직 안 돼! 위험해서 더 커야 돼.' 하고 말씀하셨기 때문이었습니다.

그런데 아빠가 웃으며 이렇게 말했습니다.

"되고말고! 이 말은 네 거야. 네가 발견했고, 네가 돌보아 주었잖아? 찾아와서 마른풀을 먹이고

맑은 물을 먹이고, 또, 감기에
걸릴까 봐 네 이불을 가져다 덮어
주었잖아? 함께 잠도 자 주었고……. 당연히 이
말의 주인은 너밖에 없지."

흰 말은 꼬맹이 인디언의 옆으로만 바짝 붙어서
걸어갔습니다. 꼬맹이 인디언은 한 손으로 흰 말의
배를 쓰다듬어 주며 걸어갔습니다.

'야! 드디어 내 말이 생겼다!'

꼬맹이 인디언의 가슴은 기쁨으로 터질 것만 같
았습니다.

'이제 내가 잘 보살펴 줘야지. 이 들판을 늘 함
께 다녀야지. 난 흰 말의 좋은 친구가 되어 줄
거야!'

이제 꼬맹이 인디언네 식구들 모두 말을 갖게 되
었습니다.

마음씨 착한 꼬맹이 인디언의 가장 큰 소원이 이루어졌습니다. 이제 사람들은 들판에서 좀더 자주 꼬맹이 인디언을 보게 되겠지요? 물론 흰 말에 올라탄 늠름한 모습을 말예요.

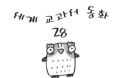

● 인디언 문명이 살아 숨쉬는 나라

멕시코는 1521년에 스페인(에스파냐) 사람들에게 정복되기 훨씬 이전부터 원주민 인디언(인디오라고도 함)에 의한 역사가 시작되었어요. 유카탄 반도의 마야, 수도 멕시코 부근의 톨텍, 아스텍 족의 이른바 인디언 문명이 꽃을 피웠지요. 그래서 현재 멕시코의 국민은 백인과 인디언의 혼혈족인 메스티소가 55%, 인디언이 29%, 에스파냐계 백인이 15%이고, 그 밖에 흑인, 물라토(백인과 흑인의 혼혈) 등으로 구성되어 있어요.

에스파냐 식민 통치를 통해 유럽의 문명이 들어왔지만 아직도 아메리칸 인디언의 찬란한 토착 문명이 많이 남아 있어요.

불을 켜고, 밤을 켜고

왕겁쟁이 페드로는 밤이면 아주 무서워했습니다. '에이, 참! 밤은 왜 있담? 늘 밝고 환한 낮만 있으면 얼마나 좋아? 밤에는 아무것도 안 보이잖아? 하늘인지 땅인지 천장인지 벽인지 알 수도 없잖아?'

그래서 페드로는 밤이 오면 짜증을 내며 싫어했습니다.

"엄마, 늘 환한 낮만 있는 나라는 없어요?"

엄마는 속으로는 아들인 페드로가 무척 걱정스러웠습니다.

"왜? 그런 나라가 있으면 이사 가려고?"

페드로가 엄마의 말에 반가워하며 말했습니다

"그럼요! 저 같으면 당장 이사 가겠어요."

그러자 엄마가 혀를 끌끌 차면서 페드로에게 말했습니다.

"겁이 많다 많다 해도 너처럼 겁이 많은 애는 처음 보겠구나. 사내아이가 무슨 겁을 그렇게 내니?"

"엄마, 저는 겁이 많은 게 아니라고요. 그냥 어둠이 싫은 거지요."

　밤은 싫어하면서도 페드로는 불빛을 유난히 좋아
했습니다. 빛을 내는 모든 불빛을 다 좋아했습니
다. 손전등이나 등불, 촛불과 모닥불의 너울거리는
불꽃도 좋아했습니다. 그런 불빛은 밤에 볼 수 있
는 것인데도 밤이 싫었습니다. 밤이 싫기 때문에
밤을 조금이라도 밝히는 모든 불빛을 좋아하는지도
모르지요.

페드로는 밤에 밖으로 나가지 않습니다. 외출도 하지 않고 집 안에만 콕 박혀서 지냈습니다.

또한 페드로는 스위치를 싫어했습니다.

"세상에 왜 스위치라는 것이 있을까? 나는 너무 너무 싫어. 왜냐 하면, 집 안에 켜진 모든 불이 꺼지게 하니까……."

스위치로 불을 환히 켜기도 한다는 생각을 페드로는 하지 않았습니다.

스위치가 불을 끈다는 생각이 너무 컸기 때문입니다. 그래서 페드로는 스위치를 만지려고도 하지 않았습니다. 그리고 어두워지면 절대로 밖에 나가 놀지도 않았습니다.

"페드로! 놀자!"

친구들이 밖에서 불러도 들은 척도 하지 않았습니다. 한두 번 부르다가 페드로가 아무 대답도 하

지 않으면 친구들은 우르르 어디론가
뛰어가 버렸습니다.

　페드로는 혼자 집 안에서만 놀았기
때문에 늘 외로웠습니다.

　시원한 바람이 부는 한여름 밤이면 친구들이 마
을의 잔디밭에서 놀고 있는 것이 페드로의 눈에도
보였습니다. 가로등 불빛에 따라서 숨바꼭질을 하
는 친구들의 모습이 보였다 안 보였다 했습니다.

　'쟤네들은 참 행복하겠다.'

　친구들이 부러웠지만 어두워진 밖으로 나가고 싶
은 생각은 들지 않았습니다.

　밤이면 페드로는 제 방에 틀어박혀 혼자 있었습
니다. 손전등과 등불과 촛불과 함께 있었습니다.

　페드로가 가장 좋아하는 것은 해님이었습니다.
환하게 이 세상을 밝혀 주는 노란색 태양이 좋았습

니다.

엄마와 아빠가 집 안 곳곳을 다니시면
서 스위치를 내려 모든 불을 하나씩 꺼
나가실 때면, 페드로는 얼른 자기 방으로
들어가서 촛불을 켰습니다. 그래서 한밤중에까지
환하게 불이 켜져 있는 방은 온 마을에서 페드로의
방뿐이었습니다.

그러던 어느 날 밤, 아빠는 출장을 가시고 엄마
는 일찍 잠자리에 들었습니다.

"엄마는 내일 새벽 일찍 일어나서 할 일이 있단
다. 그러니 일찍 자야겠다."

엄마는 페드로의 볼에 입을 맞춰 준 다음 침실로
들어가 불을 꺼 버리셨습니다. 엄마는 초저녁 잠이
아주 많았습니다.

'아이쿠, 이러면 안 되는데……'

페드로는 몹시 당황했습니다. 여기도 어둡고 저기도 어두웠습니다. 집 안에 자기 혼자만 있는 것 같았습니다. 마음도 쓸쓸하고 이상했습니다.

"에이, 온 집 안의 불을 도로 다 켜 놓아야겠다! 집이 죽은 것 같잖아?"

페드로는 이 방 저 방 돌아다니면서 온 집 안의 불을 모두 켰습니다! 켜 놓지 않아도 되는 창고나 지하실까지도 다 켜 놓았습니다.

반짝! 반짝! 반짝! 반짝!

페드로가 스위치를 한 번 올릴 때마다 빛이 콸콸 쏟아져 들어오는 것 같았습니다. 온 집 안의 불을 다 켜 놓자, 마치 집이 불붙은 것처럼 보였습니다.

"야! 대낮 같다! 이젠 됐어! 하나도 안 무섭네."

그러나 소년은 집 안에서 혼자였습니다. 밖에서 동네 친구들이 잔디밭에서 뛰고 떠들고 놀고 있었습니다.

"똑! 똑!"

그 때 갑자기 페드로의 귀에 창문을 두드리는 소리가 들렸습니다!

'응? 누구지?'

페드로가 창문 가까이 가 보니, 웬 검은 것이 창문 밖에 서 있었습니다.

또 현관 밖에서 문을 살짝 두드리는 소리도 들렸습니다. 웬 검은 것이 거기에 서 있었습니다.

"안녕!"

누군가가 페드로에게 인사를 건네 왔습니다.

'누구지?'

페드로가 눈을 크게 뜨고 바라보자, 한 소녀가

거기에 서 있었습니다. 은은한 불빛 가운데 서 있 었습니다.

소녀가 상냥하게 웃으며 말했습니다.

"내 이름은 어둠이란다."

소녀는 새까만 머리카락과 검은 눈동자를 가지고 있었고, 검은 옷을 입고 검은 구두를 신고 있었습 니다. 온통 검은색뿐이었습니다.

그러나 얼굴은 눈처럼 희었습니다. 그리고 소녀 의 눈에서는 별처럼 빛이 흘러 나왔습니다.

소녀가 말했습니다.

"애, 너는 참 외로워 보이는구나. 친구가 없니?"

그러자 소년이 대답했습니다.

"응, 친구가 하나도 없어. 나도 밖에 나가서 친 구들과 함께 뛰어놀고 싶어. 그런데 나는 어둠이 너무너무 싫고 무서워."

소녀가 방긋 웃으며 말했습니다.

"그렇구나. 그럼 내가 밤을 소개해 줄게. 좋은 친구가 될 거야."

말을 마친 소녀는 현관의 스위치를 내리면서 말했습니다.

"이건 불을 끈 게 아니야. 다만 밤을 켰을 뿐이지. 너는 네 마음대로 밤을 끌 수도 있고 켤 수도 있는 거야!"

소녀의 말에 페드로의
얼굴이 밝아졌습니다.
　"정말? 그런 걸 전혀 몰랐네."
이어서 소녀가 말했습니다.
　"또 밤을 켤 때는 말이야,
풀숲에서 우는 여치도 켜지! 부엉이도
켜고! 별들도 켤 수 있단다! 빛나는 별, 눈부신
별, 푸른 별에 불이 켜진 집이 되는 거야!"

그러자 페드로가 고개를 갸우뚱거렸습니다.

"얘, 너는 불 켜진 여치나 불 켜진 부엉이, 불 켜진 별들, 불 켜진 아주 커다란 달을 생각해 본 적 있니?"

페드로는 고개를 가로저었습니다.

"좋아, 그럼 우리 한번 불을 켜 볼까?"

소녀의 말에 페드로는 좋아하면서 고개를 끄덕였습니다.

낭랑한 : 울리는 소리가 매우 맑은.

소녀는 페드로를 데리고 정말 그렇게 했습니다.

부지런히 별들에게 오르내리면서 밤을 켜고 어둠을 껐습니다. 그래서 모든 방에 아늑하고 고요한 밤이 부드럽게 깃들였습니다.

눈처럼 하얗게 빛나는 달에게도 불을 켜 주었습니다.

페드로가 활짝 웃으며 말했습니다.

"야, 신난다! 매일 밤마다 이렇게 밤을 켤 수 있을까?"

그러자 어린 소녀인 어둠이 낭랑한 목소리로 대답했습니다.

"그럼! 그렇고말고!"

이제 페드로는 밤이 무섭지 않았습니다. 스위치를 끄는 일도 짜증나지 않았습니다.

'낮은 낮대로 좋고, 밤은 밤대로 좋구나!'

세계 교과서 동화

페드로는 매우 행복해졌습니다. 이제 밤을 끄는 전등 스위치를 갖는 대신에 밤을 켜는 스위치를 갖게 되었습니다. 그래서 스위치도 좋아하게 되었습니다.

그 후부터 마을 사람들은 여름 밤이면 항상 하얀색 달을 켜고, 빨간 별들을 켜고, 노란 별들을 켜고, 초록 별들을 켜는, 밤을 켜는 페드로를 보게 되었습니다.

그리고 달빛이 일렁이는 마을의 잔디밭에서 아이들과 함께 뛰어노는 페드로의 신나는 목소리도 들을 수 있었답니다.

🔴 멕시코의 전통 모자, 솜브레로

멕시코 사람들은 챙이 넓고 춤이 높으며 뾰족한 솜브레로라는 모자를 즐겨 써요. 솜브레로란 이름은 '그늘', '보호', '버섯의 갓' 등의 뜻을 가진 에스파냐어 솜브라(sombra)에서 온 말이에요.

솜브레로는 밀짚이나 나무껍질 등을 엮어서 짜거나, 펠트(양털을 가공하여 만든 천)로 만들어요. 빛깔은 밀짚·나무껍질의 자연색이나, 갈색·흰색·검정·회색 등이 많고, 빨간색으로 선을 두르거나 술을 달아서 장식해요.

북아메리카 서부의 카우보이들이 쓰는 모자는 바로 솜브레로를 흉내내어 만든 것이래요.

월 화 수 목 금, 그리고...

어느 마을에 곱사등이 두 사람이 살고 있었습니다.
한 사람은 마음씨가 착한 순둥이였으나 다른 곱
사등이는 머리끝까지 욕심만 찬 욕심쟁이였습니다.
욕심만 많은 것이 아니라, 머릿속이 온통 나쁜 생
각으로 가득 차 있었습니다.

마을 사람들 중에는 짓궂은 사람들이 꽤 많았습니다. 그래서 심심할 때 두 곱사등이가 지나가면 길을 가로막은 채 곱사등이 흉내를 내며 놀리기도 하였습니다.

"큰 곱사등이, 작은 곱사등이, 어디 가니?"

"일하러 가지 말고 여기서 춤이나 춰 봐. 응?"

두 곱사등이는 마을에서 제대로 일을 할 수가 없었습니다.

"이러다가는 밥벌이도 안 되겠는걸. 다른 방법을 찾아봐야겠어."

순둥이 곱사등이는 걱정이 되어 욕심쟁이 곱사등이에게 말했습니다. 둘은 궁리 끝에 산 속에 들어가서 나무를 해다 팔기로 했습니다. 깊은 산 속으로 들어가면 사람들에게 놀림받을 염려도 없었으니까요.

그래서 두 사람은 어느 날 산 속으로 올라갔습니다.

"야, 부지런히 베면 해 떨어지기 전에 한 짐은 하겠는걸!"

순둥이 곱사등이가 빙그레 웃으며 말했습니다. 그런데 조금 일하는 척하다가 지루해진 욕심쟁이 곱사등이는 죽는 시늉을 하며 말했습니다.

"아무래도 아침을 먹은 것이 체한 것 같아. 어지러워서 일을 할 수가 없어."

욕심쟁이 곱사등이는 엄살을 부리며 나무 그루터기에 걸터앉았습니다.

"그래, 체한 사람이 어떻게 일을 해? 잠깐 쉬고 있어. 얼른 나무 한 짐 해서 내려가세."

순둥이 곱사등이가 걱정스러운 얼굴로 이마에 흘러내리는 땀을 훔치며 말했습니다.

욕심쟁이 곱사등이는 일도 하지 않고 산에서 놀

 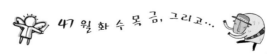

다가 빈 지게를 지고 내려왔습니다. 순둥이 곱사등이는 욕심쟁이 곱사등이의 것까지 지게에 올려 산더미만한 나뭇짐을 지고 끙끙거리며 고생을 하였습니다. 그래도 순둥이 곱사등이는 얼굴도 찡그리지 않았습니다.

욕심쟁이 곱사등이가 순둥이 곱사등이를 부려먹는 것은 하루이틀이 아니었습니다.

날마다 일하지 않고 놀 핑계만 만들어 내면 되었습니다.

"오늘 새벽에 물 마시러 부엌 문지방을 넘다 허리가 삐끗한 것이 결려서 죽겠어!"

"입맛이 없어서 밥 한 숟가락을 덜어 냈더니 기운이 없어서 못 움직이겠어."

그럴 때마다 순둥이 곱사등이는 빙그레 웃으며 자기 혼자서 열심히 나무를 베었습니다.

그러더니 욕심쟁이 곱사등이는 어느 날부터인가는 아예 산에도 올라가지 않았습니다.

"발뒤꿈치가 곪았어. 걸음을 걸을 수가 없어서 산에 올라갈 수가 없어."

"그럼, 집에서 잘 치료하고 있어. 덧이라도 나면 큰일이잖아."

욕심쟁이 곱사등이는 집에서 날마다 빈둥거리며 자고, 순둥이 곱사등이는 하루 종일 산 속에서 일만 하였습니다.

하루는 그 날도 순둥이 곱사등이가 혼자서 산에서 나무를 베고 있었습니다.

'후유, 힘들다. 좀 쉬었다가 일해야지.'

보통 때는 해가 지기 전에 내려가지만, 그 날은 아주 깊은 산 속으로 들어갔기 때문에 그 날 내려가기에는 길이 너무 멀었습니다.

한참 일을 더 하고 나니 어느 새 어
둑어둑한 밤이 되었습니다.

'오늘 밤을 어디서 지내지? 무서운 짐승이라도
만나게 되면 큰일인데……. 어디가 좋을까?'

순둥이 곱사등이는 작은 옹달샘을 하나 발견하고
거기서 쉬기로 하였습니다.

땀으로 흠뻑 젖은 몸을 맑은 샘물로 씻은 다음,
순둥이 곱사등이는 잠이 들었습니다.

한밤중에 어디에선가 들려 오는 노랫소리에 순둥
이 곱사등이는 눈을 떴습니다.

'어디에서 부르는 노래지?'

가만히 귀를 기울여 들어 보니 사람이
부르는 노랫소리 같지가 않았습니다.

'궁금해서 못 견디겠는걸! 노랫소리
가 나는 쪽으로 가 봐야겠어.'

순둥이 곱사등이는 살금살금 걸음을 떼어 조용히
노랫소리가 들리는 곳으로 가 보았습니다. 그런데
이게 웬일입니까!

월요일 땡 화요일 땡 수요일 땡땡,
월요일 땡 화요일 땡 수요일 땡땡.

수많은 요정이 모닥불 둘레에서 숫자를
세며 노래를 부르고 춤을 추고 있는 게 아닙니까!
　너무나 놀란 순둥이 곱사등이는 벌어진 입을 다
물지 못했습니다.

월요일과 화요일, 그리고 수요일 셋,
월요일과 화요일, 그리고 수요일 셋.

 뒤 월 화 수 목 금, 그리고…

요정들은 이 노래만 계속 되풀이해서 불렀습니다. 그들이 알고 있는 노래는 이것뿐인 것 같았습니다.

순둥이 곱사등이는 요정들에게 말을 걸어 보고 싶었습니다. 순둥이 곱사등이가 가까이 다가가자, 요정들이 그를 보았습니다.

요정들이 얼굴을 찡그리며 물었습니다.

"어머, 인간이 우리한테 무슨 일이람! 왜 왔나요?"

순둥이 곱사등이는 빙그레 웃으며 말했습니다.

"요정님들을 도와 주고 싶어서랍니다. 지금 부르는 노래의 뒷부분을 알고 있거든요."

"어머, 그래요? 어디 그럼 한번 불러 봐요."

순둥이 곱사등이는 덩실덩실 춤을 추면서 노래를 불러 주었습니다.

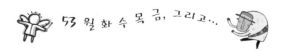

53 월 화 수 목 금, 그리고...

월요일과 화요일, 그리고 수요일 셋,

목요일과 금요일, 그리고 토요일 여섯.

"와, 그렇구나!"

"그걸 모르고 계속 같은 것만 불렀지 뭐야!"

요정들은 무척 기뻐했습니다. 그리고 순둥이 곱사등이가 아주 착하다는 것을 깨달았습니다.

"아저씨! 아저씨는 참 착한 사람이로군요. 우리에게 친절을 베풀어 주셨으니, 우리도 보답을 하겠어요."

말을 마친 요정은 마법 지팡이로 순둥이 곱사등이의 등에 있는 혹을 살짝 쳤습니다.

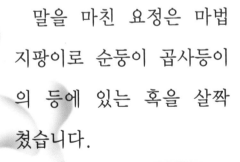

요괴 : 요망스러운 마귀.

그러자 순둥이 곱사등이의 등에 나 있던 혹이 감쪽같이 사라져 버렸습니다.

"앗! 이럴 수가!"

깜짝 놀란 순둥이 곱사등이가 기뻐서 소리를 질렀습니다.

갑자기 땅이 흔들리기 시작하더니, 바위가 무서운 소리를 내면서 쩍 갈라졌습니다. 요정들은 새파랗게 질려서 어쩔 줄을 몰라했습니다.

"아저씨! 아저씨도 빨리 피해요! 안 그러면 큰일 나요! 요괴들은 아주 사납답니다!"

요정들이 순둥이를 나무 위로 밀어올려 주었습니다. 그리고 요정들은 스르르 사라져 버렸습니다.

순둥이는 나무로 올라가서 나뭇잎 사이에 몸을 숨기고 숨을 죽였습니다.

얼마 안 가 아주 흉측하게 생긴, 덩치가 커다란

요괴 셋이 나무 아래에 와서 앉더니 시끄럽게 떠들기 시작했습니다.

"애들아, 올해 너희들이 한 짓을 말해 봐."

"우헤헤헤, 착한 짓부터 말할까, 나쁜 짓부터 말할까?"

요괴들은 우스워서 죽겠다며 배를 잡고 뒹굴었습니다.

"착한 짓을 한 게 있어야지. 아무리 생각해도 나쁜 짓밖에 한 게 없을 텐데……."

한참 웃다가 웃음을 그친 요괴 하나가 먼저 말했습니다.

"나는 말이야, 마을 사람들 전부를 장님이 되게 만들어 버렸어. 그들은 모두 더듬거리며 걷지. 불쌍하게 되었지 뭐야."

"잘 했어. 사람들은 고생을 해 봐야 해."

두 번째 요괴가 말했습니다.

"겨우 그거야? 나는 한 마을 사람들을 다 벙어리로 만들어 버렸는걸! 온 마을이 얼마나 조용한지 몰라. 재미있지? 재미있지?"

요괴들은 전보다 더 배꼽을 잡고 뒹굴며 요란하게 웃어댔습니다.

"음, 나는 말이지."

세 번째 요괴가 유난히 으스대며 말했습니다.

"나 역시 대단한 일을 해치웠지. 사람들을 모두 귀머거리로 만들어 버렸으니까! 그들은 자기 자식들이 사고를 당해 소리를 쳐도 모른다니까."

"에고, 재미있다!"

요괴들은 재미있어 못살겠다는 듯 이리저리 땅에 뒹굴며 훨씬 더 자지러지게 웃어댔습니다. 그들은 마음씨가 너무 나빠서 사람들의 슬픔과 괴로움을 봐야만 즐거워지는 것이었습니다.

순둥이 곱사등이는 요괴들의 이야기를 듣고 무서움에 떨었습니다.

"그런데 치료법은 너무 간단해. 바보들같이 그런 쉬운 걸 몰라서 고생들을 하고 있으니!"

"뭔데? 어떻게 하는 거지?"

첫번째로 말한 요괴가 말했습니다.

"우리 동네 장님들을 고치려면 이른 새벽에 고인 맑은 이슬을 모아야 돼. 그 이슬에 해바라기씨 서너 알을 담갔다가, 그 이슬로 장님의 눈을 비벼 주면 낫거든."

"거참 쉽다."

그러자 세 번째 요괴도 말했습니다.

"내 치료법도
아주 쉬워. 귀머거
리들을 마을 뒤에 있는 언덕
으로 데려가면 돼. 거기에 있는
큰 바위 옆에 앉힌 다음 망치로 바위를
두드리지. 바위에서 울려 나오는 울림을 들으면
귀먹은 게 깨끗이 낫지."

"정말 별거 아니네?"

"그럼. 별거 아닌데 그걸 모르고 고생들을 하고
있으니 재미있지 뭐야!"

그 다음을 이어서 두 번째 요괴가 말했습니다.

"우리 동네 벙어리들을 고치는 방법도 아주 쉬
워. 들판에서 흠뻑 비를 맞은 다음 꽃을 피운 나
무의 꽃을 딸 수만 있으면 돼. 그 꽃잎을 물에
넣어 끓여 차를 만들어 마시면 끝! 깨끗이 벙어

리의 입이 열리게 돼! 그런데 이 꽃잎 차는 벙어리뿐만 아니라 모든 병을 낫게 하는 신비스러운 효과가 있단다."

"정말 대단해! 이 세상에 우리만큼 대단한 존재는 없을걸?"

"그럼그럼!"

요괴들은 시간 가는 줄도 모르고 즐겁게 보내고 있었습니다.

새벽이 되면 요괴들은 서로 헤어져야 합니다.

"어느덧 새벽이 되었네? 그럼 1년 뒤에 다시 이곳에서 만나기로 하자."

"그래, 더 재미있는 일을 많이 만들도록 하자고!"

"아무튼 나쁜 일만 골라서 많이 하면 된다고! 으

하하!"

요괴들은 크게 웃으며 헤어졌습니다.

요괴들이 떠나자마자 순둥이 곱사등이는 얼른 나무에서 내려왔습니다. 아까 아래에서 요괴들이 한 이야기를 순둥이 곱사등이는 머릿속에 다 기억해 두었습니다.

"요정들이 착한 마음으로 내 등의 혹을 떼어 주었으니, 나도 착한 일을 해야겠어. 요괴들이 심술을 부린 사람들에게 찾아가서 내가 들은 방법으로 고쳐 줘야지."

순둥이는 그 길로 물어 물어 벙어리 마을에 도착했습니다.

그 마을에서 요괴가 말한 그대로 들판의 꽃을 따서 차를 끓였습니다.

"자, 모두들 이 차를 마시도록 하십시오."

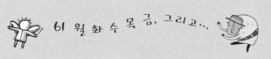

61 월 화 수 목 금, 그리고...

마을 사람들은 그 차를 마시자마자 입이 열려 다시 말을 하게 되었습니다.

"이렇게 고마울 데가 있소! 이 선물을 받아 주오."

순둥이는 손을 저으며 거절을 하였습니다.

"아닙니다. 괜찮습니다."

그러나 마을 사람들은 순둥이에게 금덩어리와 은덩어리를 가득 실은 나귀 한 마리를 선물로 주었습니다.

순둥이는 그 마을을 떠나서 귀머거리 마을로 찾아갔습니다. 그는 요괴가 말한 대로 뒷산의 언덕으로 마을 사람들을 데려가서 깨끗이 치료해 주었습니다.

"오, 다시 듣게 되다니!"

마을 사람들은 손에 손을 잡고 즐거워서 춤을 추

었습니다.

　이 마을 사람들도 순둥이에게 금덩어리와 은덩어리를 잔뜩 실어 주었습니다.

　마지막으로 순둥이는 온 마을 사람들이 장님이 되어 버린 마을로 찾아갔습니다.

　순둥이는 풀로 뒤덮인 평원에서 새벽의 이슬을 받아 마을로 들어가 모두 치료해 주었습니다.

　"우리들의 은인이십니다."

　"뭘요!"

　겸손한 순둥이에게 마을 사람들은 더 이상 나귀에 실을 수 없으리만큼 많은 금과 은을 선물로 주었습니다.

드디어 순둥이는 집에 돌아오게 되었습니다. 순둥이를 본 마을 사람들과 욕심쟁이 곱사등이는 깜짝 놀랐습니다.

순둥이는 지금까지 있었던 일을 모두 다 이야기해 주었습니다.

욕심쟁이 곱사등이는 자기도 순둥이처럼 등에 있는 혹을 떼어 버리고 싶었습니다.

욕심쟁이 곱사등이가 물었습니다.

"나 좀 요정들이 나오는 그 곳으로 데려다 줘. 나도 너처럼 부자가 될 테야. 물론 요정들은 내 등의 혹을 없애 주겠지."

"그래, 데려다 줄게."

순둥이는 친구를 가엾게 여겨서 그가 원하는 대로 했습니다.

"여기야."

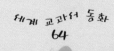

배신자 : 믿음과 의리를 저버린 사람.

비법 : 비밀스러운 방법.

"좋아. 어서 썩 가 버려. 나는 나무 위에 올라가
서 요정들이 오기를 기다릴 테야."

욕심쟁이 곱사등이는 순둥이에게 고맙다는 인사
도 없이 나무로 올라가 요정들과 요괴들이 나타나
기를 기다렸습니다.

그런데 요정들이 오기 전에 요괴들이 먼저 오게
되었습니다. 시끄럽게 땅과 바위가 흔들리더니 요
괴들이 나무 아래에 모였습니다. 그런데
요정들은 모두 다 크게 화가 나 있었습니다.

"흥! 친구들!"

가장 큰 요괴가 심퉁맞은 목소리로 말했습니다.

"나는 배신자가 제일 싫어. 그런데 우리 가운데
배신자가 있다. 내가 장님으로 만들어 놓은 사람
들이 모두 깨끗이 나아 버렸으니, 이게 도대체
무슨 일이냐? 그것을 치료하는 비법은 이 세상에

서 우리 셋밖에 아는 자가 없다. 그러니 배신자
는 분명히 우리 가운데 있어. 안 그래?"

"나는 절대로 아니야."

두 번째 요괴가 말했습니다.

"왜냐 하면 내가 벙어리로 만들어 놓은 사람들도
다 나아 버렸는걸! 화가 나서 죽겠단 말이야!"

"흥! 나는 안 그런 줄 알아? 내가 귀머거리로 만
들어 놓은 사람들도 모두 다 다시 듣게 되었다니
까! 정말 망신스러워서!"

세 번째 요괴가 버럭 화를 내며 말했습니다.

"내가 엿들어 보니까, 어떤 나무꾼이 와서 치료
해 주었다고 하더군."

"어, 맞아! 우리 마을 사람들을 고쳐 준 사람도
나무꾼이라고 했어!"

다른 두 요괴가 맞장구를 치면서 소리쳤습니다.

그 때 풀숲에서 요정들이 사뿐사뿐 춤을 추며 나타났습니다. 요괴가 있다는 것을 아직 모르는 듯 즐겁게 노래를 불렀습니다.

월요일과 화요일, 그리고 수요일 셋,
목요일과 금요일, 그리고 토요일 여섯.

요정이 나타나는 것을 본 욕심쟁이 곱사등이는 안절부절못했습니다.

'아! 빨리 대답을 해야 혹을 뗄 수 있을 텐데…!'

자기의 혹이 없어지기를 바라며 노래를 덧붙여 주고 싶어 안절부절못했습니다. 그래서 조급한 마음에 요정들이 '여섯'이라는 단어를 마치자마자, 욕심쟁이 곱사등이는 그의 머리에 떠오른 생각을 큰 소리로 말해 버렸습니다.

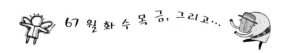

"그리고 일요일은 일곱!"

잠시 요괴와 요정 들은 놀라서 할 말을 잊고 가만히 있었습니다. 그러다가 정신이 든 요정들이 화를 내며 소리쳤습니다.

"에이, 우리 노래만 망쳤잖아!"

그리고는 스르르 사라져 버렸습니다.

이 때 요괴들이 주위를 둘러보며 소리쳤습니다.

"배신자 잡아라! 저놈이다!"

요괴들은 눈 깜짝할 사이에 나무 위로 올라와 욕심쟁이 곱사등이를 끌어내렸습니다.

"바로 너로구나? 우리의 일을 방해한 놈이! 자, 방해한 벌을 주겠다!"

요괴들은 욕심쟁이 곱사등이의 등에 또 다른 큼직한 혹을 하나 더 달아 주었답니다.

우물의 요정

어느 마을에 한 농부가 살았습니다. 그 농부는
옥수수 농사를 지으며 세 아들과 불평 없이 오손도
손 지냈습니다.

"얘들아, 오늘은 옥수수를 쪄 먹는 것이 어때?"

"네, 좋아요, 아버지."

"그럼 좀 넉넉히 쪄서 마을 어른신들께도 좀 갖
다 드리려무나."

"네, 우리 집 옥수수는 정말 알이 실해서 모두들
좋아하세요."

가난했지만 농부네 집에서는 늘 웃음이 끊이지 않았습니다.

그런데 어느 날부터인가 농부의 얼굴에서 웃음이 사라져 버렸습니다. 농부는 하룻밤이 지날 때마다 얼굴에 걱정이 더 깊어졌습니다. 그 이유는 날마다 사라지는 옥수수 때문이었습니다. 옥수수 농사를 지어 살아가는 농부로서는 큰일이 아닐 수 없었습니다.

'후유, 이 일을 어떻게 해야 좋을꼬?'

여러 가지 궁리를 하던 농부가 드디어 아들들을 불러 놓고 말했습니다.

"얘들아, 이제는 도저히 그냥 두고 볼 수가 없구나."

"그럼요, 아버지!"

"그러니 이제는 너희들이 나서야 할 것 같다. 옥

수수는 우리의 식량인데, 이렇게 도둑을 맞다가
는 우리 식구들이 겨울을 날 길도 막막해지지 않
겠느냐?"

"걱정 마세요, 아버지. 저희 삼 형제가 돌아 가
면서 지키면 감히 도둑놈이 오지 못할 겁니다."

아버지가 큰아들의 말을 듣고 든든한 듯 빙긋이
미소를 지었습니다.

"그럼 오늘 밤부터 수고 좀 하거라."

"네. 옥수수밭은 저희에게 맡기시고, 아버님은
편안히 주무세요."

세 아들은 자신만만하게 말했습니다.

큰아들은 따라 나서려는 두 동생에게 이렇게 말
했습니다.

"얘들아, 그럴 것 없다. 나 혼자서도 충분해. 날
마다 같이 고생할 게 뭐가 있느냐? 돌아 가면서

기 우물의 요정

지켜야 서로 힘이 덜 들지 않겠느냐?"

"네, 형님의 말씀이 맞아요. 그럼 저희들은 나가
지 않겠습니다."

큰아들은 밤이 깊어지자 옥수수밭에 나가 자리를
잡고 망을 보기 시작했습니다.

'대체 어떤 놈인지 오기만 해 봐라! 이 몽둥이로
흠씬 두들겨 패 주겠다.'

큰아들은 두 눈을 크게 뜨고 어둠 속을 뚫어지게
바라보았습니다. 그러나 시간이 차츰 흐르자, 게으
르고 잠이 많은 큰아들은 그만 깊이 잠이 들고 말
았습니다.

어찌나 달게 잠이 들었던지 개구리가 다가와 깨
울 때까지 잠을 잤습니다.

"개굴개굴, 새벽이에요! 어서 일어나요! 옥수수
밭에 도둑이 들었다니까요!"

그러나 큰아들은 몽둥이를 던져 개구리를 쫓아
버리고 쿨쿨 잠만 잤습니다.

"쯧쯧, 오늘도 도둑을 맞고 말았구나!"

아버지가 한숨을 지으며 말했습니다.

"죄송합니다."

늦게 일어난 큰아들은 고개를 들지 못하고
머리만 긁적거렸습니다.

"오늘은 제가 옥수수밭을 지킬게요. 아버지, 아무 염려 마세요."

"그래, 수고해라. 제발 너는 형처럼 졸지 말고 제대로 지켜야 한다."

"네, 문제 없어요. 여기 총도 가져가는걸요."

둘째 아들도 큰소리를 치면서 옥수수밭으로 나갔습니다.

'준비를 철저히 해 두자. 목이 마를지도 몰라.'

성질이 급한 둘째 아들은 우선 우물에 가서 물을 떠 오기로 했습니다. 둘째 아들이 우물에 닿았을 때 어디선지 개구리 한 마리가 튀어나와 말을 걸어 왔습니다.

"아저씨! 나를 데려가세요. 도움이 될 거예요. 개굴개굴……."

둘째 아들은 어처구니가 없어서 개구리를 집어던
지고 코웃음을 치며 말했습니다.

"흥, 네까짓 게 날 도와 주겠다고? 그게 말이나
되는 소리야?"

둘째 아들은 우물물을 떠 옆에 놓고 총을 어루만
졌습니다.

"이 총만 있으면 아무것도 무섭지 않단 말이야.
도둑놈이 나타나기만 하면, 그냥 탕!"

둘째 아들은 우물가에서 실컷 놀다가 옥수수밭으
로 향했습니다.

"인제 슬슬 밭으로 가 볼까?"

둘째 아들이 옥수수밭에 막 다다랐을 때, 어디선
가 바스락거리는 소리가 들렸습니다.

"앗! 도둑이다! 이놈, 받아랏!"

둘째 아들은 무조건 방아쇠부터 당겼습니다.

"탕! 타탕!"

둘째 아들이 재빨리 총을 쏘았지만 이미 도둑에게 많은 옥수수를 도둑질당하고 난 뒤였습니다. 총알은 커다란 새의 날개 밑을 스쳤을 뿐이었습니다. 결국 둘째 아들도 큰아들처럼 옥수수 도둑을 잡지 못했습니다.

다음 날은 마지막으로 셋째 아들이 옥수수밭을 지키게 되었습니다.

두 형과 달리 온순하고 사랑이 많은 막내아들은 밤새 옥수수밭을 지킬 셈으로 우물가에 앉아 빵부터 먹었습니다.

"도둑을 잡으려면 뱃속이 든든해야 해. 절대로

졸지 말아야지. 더 이상 아버지를 실망시켜 드려
서는 안 돼."

막내아들이 빵을 먹고 있는데 개구리가 나타나서
말을 걸어 왔습니다.

"아저씨, 빵 좀 나눠 주세요."

막내아들은 개구리에게 방긋 웃으며 말했습니다.

"그래, 이리 와라. 같이 먹자."

개구리는 막내아들의 무릎에 앉아서 빵 조각을
받아 먹었습니다.

느닷없이 개구리가 막내아들에게 말했습니다.

"제가 도둑을 잡는 일을 도와 줄게요. 옥수수를
먹어 치우는 도둑은 저기 저 커다란 새랍니다."

막내아들의 눈이 커졌습니다.

"저 커다란 새라고? 정말이야?"

빵을 개구리가 먹기 쉽도록 잘게

떼어 주며 막내아들이
물었습니다.

"네, 맞아요. 그런데 저
새는 원래 예쁜 아가씨거
든요. 얼마나 예쁜지 귀신
이 샘을 내서 새로 만
들어 버린 거예요. 우

물의 요정에게 한번 빌어 보세요. 우물의 요정은
아저씨처럼 착한 사람을 좋아하니까요. 그럼 아
저씨는 예쁜 아가씨도 만날 수 있고, 잘만 하면
집도 얻을 수 있을 거예요."

막내아들은 개구리의 말이 고마웠습니다.

"그래, 알았어. 해 볼게."

막내아들은 개구리의 말대로 우물 앞에 가서 빌
었습니다.

"우물의 요정님께 간절히 빕니다. 저 커다란 새를 마술에서 풀어 주세요. 그래서 원래의 예쁜 아가씨로 되돌려 주세요. 부디 우물의 요정님, 제 소원을 들어 주세요."

그러자 이게 웬일입니까?

눈 깜짝할 새에 커다란 새가 예쁜 아가씨로 변하는 것이 아닙니까? 정말 아름다운 아가씨였습니다.

"도련님, 정말 고맙습니다. 도련님 덕분에 제가 나쁜 마술에서 풀려났어요."

아가씨는 막내아들에게 고맙다는 인사를 했습니다. 그리고 잠시 후에는 으리으리한 집까지 눈앞에 나타났습니다.

'아니, 이럴 수가!'

막내아들은 자꾸만 눈을 비벼 댔습니다. 기분이 너무너무 좋았습니다.

"이 집은 도련님의 집이에요. 어서 안으로 들어가 보세요."

이렇게 예쁜 아가씨와 이렇게 커다란 집에서 살게 되다니! 모든 게 꿈만 같았습니다. 마음이 착하고 사랑이 많은 막내아들은 도둑을 잡으러 나갔다가 정말 큰 행운을 잡게 되었답니다. 착한 사람은 복을 받게 마련이지요.

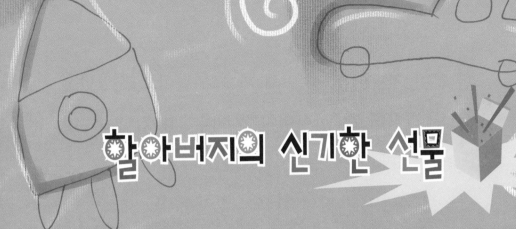

할아버지의 신기한 선물

어느 날 꼬마 사파타가 대문 앞에서 놀고 있었습니다. 땅바닥에 그림을 그리며 아는 노래를 흥얼거렸습니다.

♬ 살랑살랑 애팔래치아에서

봄바람이 분다… ♬

그 때 마침 노란 금
테 안경을 쓴, 허리가
구부정한 할아버지

한 분이 지팡이를 짚은 채 마을로 걸어오고 있었습니다. 그런데 그 할아버지가 사파타의 집 앞을 지나면서 그만 지팡이를 떨어뜨렸습니다.

"어, 지팡이가 떨어졌네요, 할아버지!"

사파타는 얼른 지팡이를 집어서 공손하게 할아버지에게 드렸습니다. 그러자 할아버지의 얼굴에서

흐뭇해하는 웃음이 피어 올랐습니다.

"오, 착하기도 하지! 그런데 얘야, 이제 그 지팡이는 나에게 필요 없단다. 나는 이제 지팡이 없이도 잘 걸을 수 있거든. 지팡이가 마음에 들면 네가 가지렴."

"그래도 할아버지께……."

사파타가 채 대답도 하기도 전에 할아버지는 저만큼 걸어가고 있었습니다.

"어……?"

그런데 할아버지의 모습이 이상했습니다. 분명히 방금 전에 보았을 때는 아주 많이 구부정해 보였는데, 지금은 그렇지가 않았습니다.

사파타는 어떻게 해야 좋을지 몰라 두 손으로 지팡이를 쥔 채 할아버지의 뒷모습만 쳐다보고 있었습니다.

'좋기는 한데…….'

사파타는 지팡이를 살펴보았습니다. 지팡이는 나무로 만든 것이었습니다. 손잡이는 둥글게 구부러졌고, 끝에는 작고 뾰족한 쇠붙이가 달려 있었습니다. 노인들의 손에서 자주 볼 수 있는 흔한 지팡이였습니다.

'어디 할아버지 흉내를 한번 내 볼까?'

사파타는 할아버지처럼 허리를 구부정하게 구부리고 지팡이로 땅을 두세 번 톡톡 쳐 보았습니다. 그런 다음에 무심코 지팡이를 팔 사이에 끼어 보았습니다.

그런데 이게 무슨 일입니까? 갑자기 지팡이가 말로 변해 버리는 것이었습니다! 머리에 흰색의 얼룩 무늬가 있는 잘생긴 검정 말이었습니다.

"히힝! 힝!"

검정 말은 사파타를 태우고 집 주위를 바람처럼 빠르게 달리기 시작했습니다. 말발굽이 닿는 땅에서 반짝반짝 불꽃이 튀었습니다.

"엄마야!"

와락 겁이 난 사파타가 덜덜 떨리는 두 발을 간신히 땅에 내려놓았을 때, 말로 변했던 지팡이는 다시 본래의 지팡이로 돌아왔습니다. 말굽도 얼룩무늬도 다 사라지고 없고, 지팡이 끝에는 약간 녹슨 작은 쇠붙이가 붙어 있었습니다. 말갈기 역시 사라졌고, 대신에 둥그런 손잡이가 달려 있었습니다.

'한 번 더 신나게 달려 보았으면!'

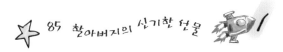

정신을 차리자 사파타는 새로운 배짱이 생겼습니다. 인제는 벌벌 떨지 않을 것 같았습니다.

"달려라, 검정 말!"

이렇게 중얼거리며 사파타는 다시 지팡이를 두 다리 사이에 넣었습니다.

"어! 어…!"

그런데 이번에는 지팡이가 말이 아니고 엄청나게 큰 낙타로 변했습니다. 그리고 또 사파타가 서 있던 길은 끝없이 모래가 펼쳐진 사막으로 바뀌었습니다.

"야, 사막이다! 그렇다면 어딘가에 오아시스가 있을 거야."

목이 말랐지만 사파타는 겁내지 않고 오아시스를 찾기 위해 눈을 가늘게 뜨고 먼 지평선을 바라보았습니다. 정말 신나는 모험이 아닐 수 없었습니다.

환호 : 기뻐서 소리를 지름.

"야, 이거 정말 대단한 요술 지팡이인걸."

사파타는 세 번째로 지팡이를 타면서 신나게 소리쳤습니다. 이번에는 지팡이가 날씬한 빨간색 경주용 자동차로 변했습니다. 그리고 거리도 자동차 시합을 할 수 있는 널따란 도로로 변했습니다.

"야! 야!"

사람들이 손뼉을 치면서 환호를 하는 가운데 사파타는 경주를 할 때마다 1등으로 들어왔습니다.

카누 : 노로 젓는 좁고 긴 배.

사파타는 너무 기분이 좋아서 마치 구름 위에 둥둥 떠 있는 것 같았습니다.

네 번째로 탔을 때는 지팡이가 카누로 변했고, 길은 잔잔한 푸른 물이 가득한 호수로 변했습니다.

또한 다섯 번째로 탔을 때는 하늘을 나는 우주선으로 변해 지나가는 곳마다 아름다운 별무리를 남겨 놓았습니다.

그러나 사파타가 땅에 발을 살짝 디딜 때마다 지팡이는 즉시 원래의 모습으로 돌아왔습니다. 사파

타가 사용할 때마다 지팡이의 손잡이는 더욱 반질반질해졌고, 지팡이의 끝에 붙은 쇠붙이도 더 많이 닳게 되었습니다.

사파타는 시간 가는 줄도 모르고 지팡이로 하는 모험에 듬뿍 빠졌습니다. 그 놀이를 하는 동안 오후가 쏜살같이 지나갔습니다.

어느 새 사방이 어둑어둑해졌습니다. 그 때 사파타는 마을 어귀에서 금테 안경을 쓴 할아버지가 다시 돌아오고 있는 것을 보았습니다.

"할아버지, 지금 오세요?"

사파타는 지팡이의 주인인 할아버지를 자세히 쳐다보았지만, 할아버지에게서는 무슨 신비스러운 점이라고는 아무것도 찾아볼 수가 없었습니다. 그냥 이웃집 할아버지처럼 평범한 할아버지였습니다.

"지팡이 때문에 재미있게 놀았어요."

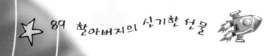

사파타는 할아버지에게 감사하다는 인사를 하였습니다. 그 말을 듣더니 할아버지의 입가에 미소가 감돌았습니다.

"그래? 할아버지의 지팡이가 네 마음에 들었나 보구나?"

사파타는 지팡이를 할아버지 앞에 내밀었습니다. 돌려드리기 위해서였습니다.

그런데 할아버지가 손을 가로저으며 말했습니다.

"아니다. 인제 할아버지에게는 필요가 없단다. 네가 가져라. 지팡이는 네 거야. 너는 그 지팡이를 타고 여기저기 신나게 날아다닐 수도 있지 않느냐? 나는 걸을 때 그냥 몸이나 의지할 뿐이란다. 그러니 쓸모가 많은 사람이 쓰는 것이 좋지 않겠어? 네가 그 지팡이로 무엇을 하고 싶은지 잘 생각해 보도록 하렴."

할아버지는 사파타의 머리를 한 번 쓰다듬어 주
고 나서, 가던 길을 계속 걸어갔습니다.
"고맙습니다, 할아버지!"
행복한 할아버지의 등 뒤에 대고 사파타는 몇 번
이나 절을 하며 소리를 쳤습니다.

🌀 신이 머무는 곳, 테노치티틀란

사람이 살기에 적합한 멕시코 고원은 옛날부터 집단 거주지로 이용되어 왔어요. 거대한 태양과 달의 피라미드로 알려진 테오티우아칸 문화가 7세기 중엽에 붕괴하자, 톨텍·아스테카 두 문명이 잇따라 테스코코 호반에 자리잡았지요.

아스텍 족(族)이 건설한 테노치티틀란은 '신이 머무는 곳'이라는 뜻으로 인구 20만~30만 명에 이르는 거대한 도시였대요. 관개 농업에 의해 옥수수, 목화, 토마토 등을 재배하였고 옷감을 짜고 수도 놓았어요. 또한 피라미드형 대신전, 도로, 운하 등도 남겼어요

1521년 에스파냐 장군 코르테스의 정복으로 이 도시는 파괴되어 폐허가 되었고, 그 후 에스파냐인에 의해 멕시코의 수도인 멕시코가 건설되었어요.

이 강은 내 거야

후아레스는 인디언 소년입니다.

어느 날, 후아레스는 강을 하나 발견하였습니다.

'야! 신난다! 인제 이 강은 내 거야!'

후아레스는 자기가 발견했기 때문에 그 강이 자기 것이라고 생각했습니다.

그래서 집에 돌아가자마자 자랑이 대단했습니다.

"할아버지, 제가 강을 발견했지 뭐예요! 그러니 그 강은 제 거지요? 인제 제 강이 생긴 거지요?"

 93 이 강은 내 거야

"허허, 거참!"

후아레스의 할아버지는 웃음이 나왔습니다. 강이나 산 등 자연은 혼자만의 것이 아니라 모두의 것이라는 것을 손자에게 가르쳐 주고 싶었습니다.

"후아레스야, 우선 이 강이 시작되는 곳이 어디인지 알아보게 강 상류로 올라가 보자꾸나."

할아버지가 손자에게 말했습니다.

"좋아요, 할아버지! 제 강을 구경시켜 드릴게요. 물이 아주 많아서 아무리 구경해도 닳는 일이 없을 테니까요. 지금 당장 가 봐요."

후아레스와 할아버지는 배를 타고 강을 거슬러 올라가기 시작했습니다. 노를 저어서 흐르는 물줄기를 거슬러 올라가는 일은 정말 힘들었지만, 후아레스는 꾹 참고 노를 저었습니다.

저녁때가 다 되었을 무렵, 그들은 물을 마시러

강가로 나온 노루 떼를 만났습니다.

"어? 내 강의 물을 마시네?"

"강은 물을 마시러 오는 모든 짐승들의 것이기도 하단다."

할아버지가 후아레스에게 말해 주었습니다.

"네, 괜찮아요. 강물을 노루들과 나누어 써도 좋아요. 아무튼 물은 충분히 있잖아요?"

후아레스는 인심을 쓰듯이 말했습니다.

다음 날, 그들은 큰 호수에 닿았습니다.

"어? 이 호수는 뭐예요? 제 강물을 이렇게 많이 가져온 거예요?"

할아버지는 고개를 흔들며 말했습니다.

"아니다. 도리어 강이 호수의 것이지. 강은 이 호수로부터 물을 끌어 오니까 말이다."

할아버지의 말에 후아레스가 고개를 갸우뚱하며

말했습니다.

"그런가요? 그럼 제 강을 호수랑 나누어 가져야
겠네요. 그렇지 않으면 제 강이 어디서 물을 끌
어 오겠어요?"

"그럼! 그렇고말고!"

할아버지가 웃으며 대답했습니다.

작은 배는 물이 흐르는 방향을 따라 천천히 내려
가다가, 아주 작은 둑을 쌓고 있는 비버들을 만났
습니다.

"강은 이 비버들의 것이기도 하단다. 비버는 강
위에 만든 자기 집을 보호하기 위해 둑을 쌓지.
아마 수영을 너보다도 훨씬 더 잘할걸?"

후아레스의 눈에도 비버는 귀엽게 보였습니다.
그래서 고개를 끄덕이며 이렇게 생각했습니다.

'좋아. 비버처럼 귀여운 짐승이라면 내 강물을

조금 나누어 줘도 돼. 그래도 아직 내 강물은 엄청나게 많으니까…….'

할아버지와 후아레스가 더욱 앞으로 나아가자, 부리로 물고기를 잡고 있던 물총새 한 마리가 눈에 들어왔습니다.

"후아레스야, 잘 보아라. 강은 물고기를 잡아먹고 사는 새들의 것이기도 하단다. 물총새를 잘 보렴. 물 속에 있는 먹이를 낚아채는 데 마치 바람처럼 빠르지 않니?"

후아레스는 할아버지의 말씀에 따라 물총새를 바라보았습니다.

'그래. 저렇게 작고 날쌘 물총새 한 마리쯤이야 나에게 무슨 방해가 되겠어? 그러니 내 강에서 마음껏 물고기들을 사냥해도 괜찮아. 그래도 아직 내 강물은 저렇게 많잖아?'

마음씨 착한 인디언 소년 후아레스는 이렇게 생각하였습니다.

다음 날, 후아레스와 할아버지가 배에 다시 오르려고 할 때, 강가에서 개구리들이 큰 소리로 합창을 하기 시작했습니다.

"개굴개굴, 개굴개굴……!"

그러자 후아레스가 할아버지를 돌아보며 당연하다는 듯이 말했습니다.

"할아버지, 이 강은 개구리들의 것이기도 해요. 왜냐 하면 개구리들은 강가에서 노래를 하니까요. 그렇죠?"

"그래, 네 말이 맞다."

후아레스는 말을 덧붙였습니다.

"하지만 제 생각에는 다른 무엇보다도 강은 늘 강 속에서 사는 물고기들의 것인 것 같아요. 이

 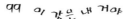

강의 주인은 물고기들이에요."

손자의 말에 드디어 할아버지가 크게 너털웃음을
웃으며 머리를 쓰다듬어 주었습니다.

"그래, 후아레스! 기특하구나. 참으로 귀중한 진
리를 깨달았으니까 말이야."

사실 강물은 우리 모두의 것이지요. 산과 바다도
우리 모두의 것이지요.

마치 태양과 달이 우리 모두의 것이듯이 말예요.

영광입니다, 임금님

"빨리빨리 움직입시다!"

"서둘러요! 시간이 없어요!"

조용하던 마을이 갑자기 시끌벅적 소란스러워졌습니다. 임금님이 이 마을을 시찰하러 온다는 이야기를 들었기 때문이었습니다.

"아이고, 청소부터 해야 하나,
대접할 음식부터 만들어야 하나?

정신이 하나도 없네."

논밭에서 일하고 있던 사람들까지도 모두 집으로 돌아와 임금님이 지나갈 길을 쓸고 깨끗이 단장을 했습니다.

"눈에 보이는 길만 청소해서는 안 돼. 가장 중요한 화장실 청소도 말끔히 하도록 하게나."

"아, 화장실 청소를 빼먹었구나! 얼른 가서 해야지!"

마을 사람들은 뒷간으로 가서 냄새가 덜 나도록 문을 열어 놓고 쓸고 닦으며 치웠습니다.

멀리서 은은히 들리던 나팔 소리가 점점 더 커졌습니다.

"벌써 도착하셨네? 어서 빨리 구경을 나가 봐야지……."

뒷간 청소를 마친 마을 사람들은 앞다투어서 임

뒷간 : 재래식 화장실을 일컫는 말.

금님의 행차를 보려고 몰려들었습니다.

"와! 와!"

"임금님 만세!"

임금님의 마차가 보이자 마을 사람들이 두 손을
높이 들고 환호를 했습니다.

임금님은 근엄한 표정을 짓고 고개를
끄덕거리며 마을 사람들에게 손을
들어 인사를 했습니다.

그런데 갑자기 임금님이 마차
를 세우게 하더니, 옆에 선 한
농부에게 귓속말을 하였습니다.

"지금 당장 화장실에 가야겠는데……, 화장실이 어딘지 가르쳐 다오!"

농부는 웃음이 터지려는 것을 가까스로 참으며 말했습니다.

"영광입니다, 임금님! 저를 따라오십시오."

임금님은 재빨리 그 농부의 집에 있는 뒷간으로 가서 볼 일을 보았습니다.

그런데 화장실을 나오는 임금님의 얼굴 표정이 어딘지 불편해 보였습니다.

"임금님, 어디가 불편하십니까?"

"아니다."

"몹시 불편해 보이시는데요!"

"아니라니까!"

말을 하는 그 짧은 순간에도 임금님은 몸을 이리저리 배배

틀기도 하고 옷 속으로 손을 넣어 등을 쓱쓱 문지르기도 했습니다.

'이거 간지러워서 미치겠는걸!'

임금님은 체면 때문에 사실대로 말을 할 수 없었지만, 실은 농부네 집의 뒷간에 다녀온 뒤부터 온몸이 간지러워서 도저히 견딜 수가 없었습니다.

아무래도 한 무리의 이들이 임금님의 온몸을 산책하고 있는 듯하였습니다. 그러니 임금님의 얼굴이 평화로울 수가 없었습니다.

"여봐라! 오늘은 이만 돌아가도록 하겠다."

참다 못한 임금님이 드디어 신하들에게 명령을 내렸습니다.

아직 시찰이 끝나지 않았는데 임금님이 돌아가자고 하자, 신하들은 근심스러워하며 궁전으로 발길을 돌렸습니다.

궁전으로 돌아온 임금님은 방문을 다 걸어잠그고
옷을 훌훌 벗어 던졌습니다.
　"으이그, 간지러워! 무엇 때문에 이렇게 가려운
거지?"
　임금님은 피가 맺히도록 온몸을 벅벅 긁었습니
다. 그리고 자기가 벗어 놓은 옷을 뒤집어 탈탈 털
기 시작했습니다.

"아, 아니! 이게 뭐지? 네 이놈! 못된 것 같으니라고! 요 작은 게 대체 무엇이기에 나를 이다지 못살게 괴롭힌단 말이냐?"

임금님은 옷 속에서 깨알만큼 작은 벌레들을 찾아 낸 뒤 큰 소리로 신하들을 불렀습니다.

"이것 좀 보아라! 이게 대체 무슨 해괴한 놈들이냐? 이놈들이 날 괴롭힌 것들이다. 아는 사람이 있으면 썩 말해 보거라. 대체 이것이 뭐고?"

"그, 글쎄올습니다……."

아무도 선뜻 임금님에게 대답하지 못했습니다. 어찌나 작은지 쉽게 알아보기도 힘들었기 때문이었습니다.

한참을 살펴보던 한 신하가 말했습니다.

"아, 임금님, 제가 알겠습니다."

"오, 그래? 어서 말해 보아라! 이게 뭐냐?"

해충 : 사람에게 해를 끼치는 곤충.

"네, 바로 '이' 라고 하는 못된 해충입니다."

"해충?"

"네, 사람의 피를 빨아먹고 사는 아주 더러운 놈이지요."

신하의 말에 임금님은 펄펄 뛰며 화를 냈습니다. 아까운 피를 이 나쁜 놈이 빨아먹었다는 말에 불같이 화가 난 것이었습니다.

"이놈이 내 피를 빨아먹었다고? 내 이놈을 가만두지 않겠다!"

임금님은 너무나 작아서 잘 보이지도 않는 이를 향해 마구 고함을 질렀습니다. 그러나 매를 때리기에도 너무나 작고, 사형을 시키기에도 너무 작았습니다. 한참을 고민하던 임금님은 신하에게 말했습니다.

"일단 이놈을 가져가서 먹을 것을 주고

키우도록 해라. 뎅실뎅실 살이 찌게 해라. 살이
찌면 이놈의 가죽을 벗겨서 외투를 만들어 입을
테다. 알겠느냐?"

"네, 임금님."

신하들은 임금님의 명령에 따라서 이를 단지 안
에다 넣고 키웠습니다. 이가 좋아하는 먹이를 자꾸
자꾸 주며 살을 찌웠습니다. 그러자 이는 나날이
쑥쑥 커 갔습니다. 그래서 얼마 안 가서 임금님의
옷 한 벌을 만들 수 있으리만큼 커졌습니다.

"이젠 됐다! 이만하면 충분할 것이다. 어서 가죽
을 벗겨 내 외투를 만들도록 하라."

신하들은 임금님의 명령에 따라, 이의 가죽을 벗
겨서 외투를 만들게 했습니다.

드디어 임금님 앞에 기다리던 이 가죽으로 만든
외투 한 벌이 놓였습니다.

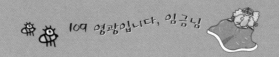

"오! 생각보다도 괜찮구나! 썩 멋진걸!"

임금님은 괘씸하기 짝이 없었던 이의 가죽으로 만든 겉옷을 보고야 마음이 누그러졌습니다.

며칠 뒤였습니다. 착하고 예쁜 공주가 불쑥 짜증을 내며 임금님에게 불평을 늘어놓았습니다.

"아버지, 저도 이젠 결혼할 나이가 되었어요. 이웃 나라의 왕자님과 결혼하도록 해 주세요."

그러나 임금님은 버럭 소리를 질렀습니다.

"공주야, 네가 정신이 있느냐? 이웃 나라는 우리의 적이 아니냐? 네가 적과 결혼을 한단 말이냐? 안 된다. 다른 사람을 찾아보거라."

"언제까지 이웃 나라와 원수로 살 생각이세요? 사이좋게 살면 얼마나 좋아요, 네?"

"말도 안 되는 소리 하지도 마라! 이거, 그냥 두면 큰일나겠구나!"

임금님은 공주가 이웃
나라 왕자를 만나기
라도 할까 봐, 공주를
아예 높은 탑 꼭대기에 가두어
버렸습니다.

공주를 탑 안에 가두어 버린
임금님은 괴로운 마음으로 고민했
습니다. 사랑스러운 딸에게
좋은 신랑을 찾아 주면
이 문제가 해결될 것
같았습니다.

"그래, 신랑감을 찾아보자.
어떤 신랑을 만나야 우리 공
주가 평생 행복하게 잘 살아
갈꼬?"

여러 날을 궁리한 끝에 임금님은 온 나라 안에 이런 포고문을 붙였습니다.

공주님의 신랑감을 구함.

단, 신랑이 되기 위해서는 임금님이 내는 문제를 풀어야 함.

문제: 임금님이 최근에 맞춘 가장 아끼는 외투는 무슨 가죽으로 만들었을까?

이 포고문이 붙자, 나라 안의 내로라 하는 청년들은 야단이 났습니다.

"야, 드디어 기다리던 기회가 왔구나! 내가 문제를 맞혀서 아름다운 공주님의 신랑이 되어야지!"

"내가 꼭 공주님의 남편이 되어 우리 가문을 일으켜 세워야겠어."

가문 : 집안. 또는 그 집안의 지위.

수많은 청년들이 임금님의 사위가 되기 위해서 궁전으로 몰려들었습니다.

그러나 임금님이 아끼는 외투가 어떤 가죽으로 만들어진 것인지를 알아맞히는 사람은 단 한 사람도 없었습니다. 청년들은 가죽으로 옷을 만들 수 있는 모든 짐승의 이름을 늘어놓기에 바빴습니다.

"말 가죽입니다."

"악어 가죽 아닙니까?"

"제가 보기에는 뱀 가죽인 것 같습니다. 살무사 말입니다."

"한눈에 코끼리 가죽이라는 걸 알아보겠습니다."

청년들은 임금님 앞에서 앞다투어 말했지만, 수많은 사람들의 엉뚱한 대답에 지쳐 버린 임금님은 이제 그만 모두 돌아가라고 소리쳤습니다.

한편, 공주는 궁전 안이 요란한 틈을 타서 시종

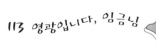

을 불렀습니다.

"이 편지를 아무도 모르게 왕자님께 좀 전해 주
세요."

"네, 공주님."

시종은 이웃 나라 왕자님에게 가는 편지를 들고
궁전을 빠져 나갔습니다. 공주가 준 편지 속에는
임금님이 낸 문제의 정답이 적혀 있었습니다.

많은 날이 지났지만 문제를 맞히는 사람은 아무
도 없었습니다. 그러자 임금님은 속으로 조금 걱정
이 되었습니다.

'이제 며칠 안 남았는데 끝까지 알아맞히는 사람
이 없으면 어떡한담? 우리 딸의 신랑감을 꼭 찾
아야 할 텐데……. 후유, 걱정이로구나!'

드디어 마지막 날, 임금님은 단 한 사람의 지원
자만이 남았다는 보고를 받았습니다. 만일 이 청년

바퀴벌레 : 흔히 바퀴벌레라고 하지만 정식 명칭은 '바퀴'임.

까지 문제를 맞히지 못한다면 공주의 신랑감을 찾는 일은 실패로 끝나고 말 것입니다.

이미 공주의 편지를 받은 이웃 나라 왕자는 변장을 하고 궁전에 들어와 있었습니다. 그러니까 마지막 지원자가 바로 이 이웃 나라의 왕자였습니다.

"네 소개를 하느라고 시간을 허비할 필요가 없다. 어서 문제의 답부터 말해 보아라."

양치기로 변장한 왕자는 정중하게 허리를 굽혀서 절을 한 다음에, 모든 사람들이 다 들을 수 있으리만큼 큰 소리로 또박또박 말했습니다.

"그건 바로 바퀴벌레 가죽……."

왕자가 말을 다 마치기도 전에 몹시 실망한 임금님이 손을 내저으며 외쳤습니다.

"아니야, 아니라니까!"

그런데 그 때 변장한 왕자가 더 우렁찬 목소리로

소리치는 게 아닙니까!

"그것은 '이' 가죽입니다!"

실망해서 자리에 앉았던 임금님은 용수철이 튀듯 펄쩍 뛰어 일어나며 물었습니다.

"여봐라, 방금 무엇이라고 했느냐?"

"네, 분명히 이 가죽입니다!"

임금님은 너무나 기뻐서 신하들의 앞이라는 것도 잊고 덩실덩실 춤을 추었습니다. 공주의 신랑감을 찾아 낸 것이 말할 수 없으리만큼 기뻤습니다.

"맞았다! 맞았다!"

"임금님, 그럼 공주님과 결혼하게 허락하여 주십시오."

임금님은 기분 좋게 웃으며 고개를 끄덕였습니다.

"암! 허락하고말고! 성대한 결혼식을 치르게 해 주겠다."

임금님은 그 자리에서 공주를 불러, 정답을 맞힌
청년을 신랑이 될 사람이라고 소개했습니다.
"네, 아버님의 결정에 따르겠습니다."
공주는 임금님이 듣지 못하리만큼 작은 목소리로
왕자에게 속삭였습니다.
"정말 기뻐요, 왕자님! 우리가 이 덕분에 결혼하
게 되었네요. 정말 고마운 이예요!"

왕자도 목소리를 죽여 속삭였습니다.

"맞아요, 정말 대단한 이지요! 우리 나라와 화해
하게 만든 기특한 이!"

며칠 뒤에 공주와 이웃 나라 왕자는 성대한 결혼
식을 올렸습니다.

나중에 왕자의 정체를 임금님이 알게 되었지만,
한번 한 결혼을 어떻게 무를 수 있겠어요?

정체 : 어떤 물건이나 사람의 본래 모습.

가난한 섬의 기적

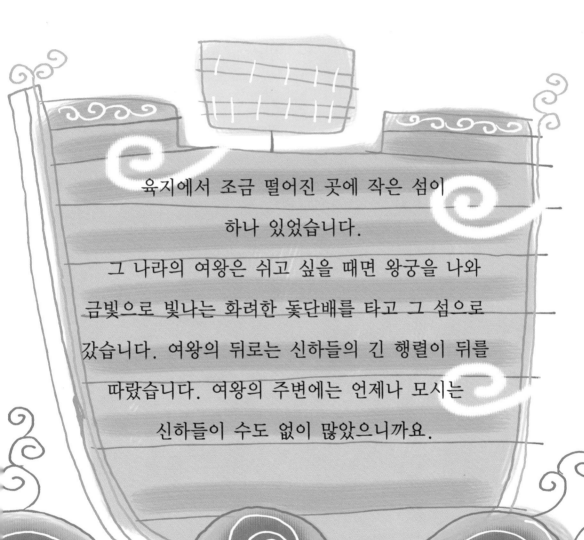

육지에서 조금 떨어진 곳에 작은 섬이
하나 있었습니다.
그 나라의 여왕은 쉬고 싶을 때면 왕궁을 나와
금빛으로 빛나는 화려한 돛단배를 타고 그 섬으로
갔습니다. 여왕의 뒤로는 신하들의 긴 행렬이 뒤를
따랐습니다. 여왕의 주변에는 언제나 모시는
신하들이 수도 없이 많았으니까요.

배의 갑판 위에 악사들까지 있어서, 여왕은 꽃과 감미로운 음악에 둘러싸인 채 그 섬으로 갈 수 있었습니다. 섬에서 여왕은 춤과 잔치로 하루를 보냈습니다. 모든 물건은 다 왕궁에서 가져온 귀한 것들이었습니다.

그런데 그 바다에서 좀더 멀리 떨어진 곳에 어부들이 사는 아주 가난한 섬이 하나 있었습니다.

그 섬은 모든 것이 부족하고 메말라 있었습니다. 하루하루 먹을 것을 구하기 위해 일해야 하는 사람들에게 있어서 생활은 곧 힘든 싸움이었습니다. 그 섬은 나무는 물론 풀 한 포기도 자라지 못하는 죽은 땅이었습니다.

그런데 그 섬에 오직 하나의 꽃이 자라났습니다. 그것은 작은 빨간 장미나무였는데, 어린 소녀 로이스의 것이었습니다. 로이스네 오두막은 그 바위섬

가운데에 서 있는 교회 아래 자리잡고 있었습니다.

로이스의 아버지는 결혼식날 왕궁이 있는 본토에
서 그 장미나무를 가져와 흙을 긁어모아서 문가에
심었습니다.

"어머나, 이 잎 좀 보세요. 너무너무 잘 자라네
요!"

젊은 아내는 장미나무를 사랑으로 돌보았기 때문
에 장미나무는 탈 없이 잘 자랐습니다.

하지만 그토록 정성으로 장미나무를 돌보던 아내
가 죽고, 어린 딸 로이스가 어머니가 했던 것처럼
장미나무를 정성껏 돌보았습니다. 나무는 크게 자
라지도 않았고, 꽃도 몇 송이 안 되었지만
아무튼 섬의 유일한 꽃이었습니다.

"우리 섬에도 장미꽃이 피었답니다"

섬 사람들은 장미꽃을 자랑스럽게 여겼습니

다. 꽃의 주인은 어린 로이스였지만, 마을 사람들 모두 주인처럼 아껴 주었습니다. 그 꽃은 섬의 상징적인 꽃이었습니다.

가난한 섬은 큰 바위들로 에워싸여서 폭풍이 자주 몰아쳤습니다. 그럴 때는 며칠 동안이나 바다에 배를 띄울 수가 없었습니다. 고깃배를 띄울 수 없을 때는 섬 사람들의 어려운 생활이 더욱 어려워졌습니다.

그 섬에는 만월 때면 바닷물이 갈라져 본토와 섬 사이를 이어 주는 모래밭 길이 잠깐 동안 나타났습니다. 그 모래밭 길로 부인들은 물고기를 본토의 상인들에게 팔고 섬에서 쓸 필요한 물건 몇 가지를 사 들고 돌아오곤 하였습니다.

어느 날 저녁 바닷물이 빠져 나갔을 때, 섬에 쉬러 나와 있던 여왕은 부인들이 서둘러 집으로 돌아가는 모습을 보았습니다. 여왕은 이제껏 그들에 대해 전혀 관심이 없었지만, 그 날 저녁 그들의 누추한 모습은 왠지 떨쳐 버리기가 어려웠습니다.

화려한 여왕의 작은 섬은 반짝이는 보석과도 같았습니다. 그리고 비단옷을 입은 여왕은 동화 속에나 나오는 요정 같았습니다.

그러나 그 모래 언덕 저 쪽에서는 다 해진 옷을 걸친 부인들이 바구니를 머리에 인 채 가난한 섬을 향해 종종걸음으로 걸어가고 있었습니다.

'참 안됐구나! 저 사람들이 저 불편한 섬에서 산다니, 얼마나 비참할까?'

여왕은 그렇게 생각하며 한숨을 내쉬었습니다.

여왕은 가난한 섬에 대해 호기심이 생겼습니다.

그리고 가난한 섬의 어린 로이스 역시 여왕의 섬을 바라보며 호기심을 갖게 되었습니다.

'저 섬에는 누가 살고 있을까?'

거리는 멀었지만 로이스는 햇빛 속에서 빛나는 궁전의 뾰족탑들과 둥근 지붕을 볼 수 있었습니다.

'저 섬에서 산다면 정말 즐거울 거야.'

로이스는 이렇게 생각했습니다. 그러다가 몸을 구부려 자기의 장미꽃에 얼굴을 대고 향긋한 향기를 들이마셨습니다.

'아이, 향기로워! 아무리 여왕님이라고 해도 내 장미꽃보다 더 향긋한 꽃은 갖고 있지 않을걸.'

어느 날, 여왕은 신하를 불러 말했습니다.

"저 가난한 섬을 방문해 보고 싶구나. 미리 알리지는 말아라. 그들의 생활에 폐를 끼치고 싶지는 않다."

125 가난한 섬의 기적

그러나 신하는 가난한 섬에 여왕의 방문이 있다는 것을 알렸습니다.

섬 사람들에게 여왕을 맞이할 준비를 할 수 있는 기회를 주는 것이 옳다고 믿었기 때문입니다.

섬에 사는 모든 사람이 모여서 이 일을 의논했습니다.

"여왕님의 방문은 우리 평생에 한 번 있을까말까 한 영광스러운 일입니다. 최대한 멋있게 단장해 여왕님을 맞이하도록 합시다."

그러나 마음만 그럴 뿐, 그들에게는 섬과 교회를 아름답게 꾸밀 만한 것이 아무것도 없었습니다. 섬 사람들은 걱정에 잠겼습니다.

그 때 로이스의 아버지가 말했습니다.

"여왕님이 이 섬에서 제일 아름다운 것이 무엇이냐고 물을 때, 여왕님을 모시고 가서 장미나무를

보여 드리도록 합시다. 그러면 여왕님께서 참 기
뻐하실 것입니다."

의논이 계속되고 있을 때, 어린 로이스는 잠자리
에 들어 있었습니다. 그러나 로이스의 머릿속도 여
왕에 대한 생각으로 가득 차 있었습니다.

드디어 날이 밝자 사람들은 바닷가로 모여들었습
니다. 목사는 그들과 함께 있었으나 로이스는 교회
에 남았습니다.

"입구의 계단을 다시 닦아야겠어요. 밤새 비가
와서 계단에 진흙이 튀었거든요. 얼른 닦아 놓고
뛰어서 갈게요."

로이스는 계단을 말끔하게 다 닦고 나서 바닷가
로 달리기 시작했습니다.

그런데 힘껏 달리던 로이스는 그만 길 한가운데
팬 웅덩이에 발이 빠지고 말았습니다.

"아얏!"

로이스는 웅덩이를 그냥 두고 바닷가로 갈 수가 없었습니다.

'아무리 가난한 섬이라고 해도 어떻게 여왕님이 진흙길을 걸으시게 할 수 있어?'

멀리 바라보니 벌써 바다 위로 여왕의 금빛 돛단배가 들어오는 것이 보였습니다.

'어떻게 하면 좋지?'

로이스는 여왕이 이 곳을 지나기 전에 뭔가를 해야만 했습니다. 로이스가 겨우 바닷가에 다다른 것은 여왕이 이 섬에 도착한 직후였습니다.

여왕은 목사와 잠시 이야기를 나눈 다음 교회로 가는 험한 길을 올라갔습니다.

"후유, 정말 힘들군. 버림받은 섬이라는 말이 딱 맞아!"

로이스는 신하 중의 한 사람이 불편한 길을 가면서 이렇게 투덜거리는 소리를 들었습니다.

차츰 여왕 일행이 자기가 임시로 메워 놓은 그 웅덩이 가까이 다가가자, 로이스의 가슴은 몹시 두근거렸습니다.

다행스럽게도 여왕은 웅덩이에 발이 빠지지 않고 그 곳을 무사히 지나갔습니다.

'휴, 다행이다!'

교회 안에서 사람들이 다 같이 찬송가를 불렀습니다. 오르간은 없었지만 목사의 신호에 맞춰서 한 목소리로 찬송가를 불렀습니다. 로이스는 예쁜 여왕의 얼굴에서 눈물이 흐르는 것을 보았습니다.

"여러분의 집에 가 보고 싶군요. 사는 모습을 보고 싶습니다. 이 곳 생활이 얼마나 힘드십니까?"

여왕의 말에 로이스의 아버지가 한 발짝 앞으로

나서며 밝은 목소리로 대답했습니다.

"폐하, 인생은 누구에게나 힘든 것입니다. 물론 저도 그렇습니다. 그러나 보여 드릴 만한 아름다운 것이 전혀 없지는 않습니다. 이 가난한 섬에도 보여 드릴 것이 있답니다."

여왕의 눈이 호기심으로 반짝 빛났습니다.

"그 아름다운 것이 무엇인지 보여 주겠어요?"

"네, 그것은 한 그루 장미나무입니다."

그가 여왕 앞에서 힘차게 설명했습니다.

"빨간 장미입니다! 이 섬에서 유일한 꽃이지요. 마침 꽃이 여섯 송이가 피었습니다. 모두 아홉 송이인데 세 송이는 아직 피지 않았습니다. 그 장미는 이 섬의 기쁨입니다. 그것을 보여 드리겠습니다."

로이스의 아버지는 여왕에게 길을 안내했습니다.

많은 신하들이 그 뒤를 따랐습니다.

자랑스러워하며 장미나무가 있는 곳에 이르렀을
때, 그 곳에는 아무것도 없었습니다. 단지 약간 파
헤쳐진 흙 속에 장미나무의 잔뿌리가 조금 남아
있을 뿐이었습니다.

"이, 이런! 어떻게!"

로이스의 아버지는 너무나 놀라서 얼굴이 창백해
졌습니다. 여왕을 속인 불호령이 떨어질 것이 뻔했
으니까요.

그 때 집 모퉁이 부근에서
로이스가 무릎을 꿇은 채
눈물을 흘리고 있었습니다. 그녀는
여왕의 발이 빠지지 않도록 하기
위해 그 장미나무를 뽑아
웅덩이를 메웠던 것입니다.

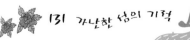

여왕은 황금빛 돛단배를 타고 가난한 섬을 떠났습니다. 여왕은 오르간 한 대를 교회에 선물하고, 길을 반듯하게 만들고, 오두막들을 다시 짓고, 흙을 날라서 섬 사람들에게 작은 정원이라도 갖게 해 주려고 하였습니다.

그러나 여왕은 갑자기 병이 들었습니다. 그 바람에 여왕은 어느 것 하나도 해 주지 못한 채 세상을 떠나고 말았습니다.

여왕이 갑자기 병에 걸려 죽었다는 소식이 가난한 섬에도 알려졌습니다.

여왕이 묻힐 때, 가난한 섬에서 그녀의 가슴과 눈에 고였던 눈물도 함께 묻혔습니다. 여왕으로 하여금 눈물을 흘리게 만들었던 가난한 섬도 잊혀졌고, 여왕이 계획했던 일도 흐지부지되었습니다.

가난한 섬의 생활은 여전히 어렵고 힘이 들었습

니다. 다만 한 가지, 섬에는 이제 꽃이라고는 하나
도 없었습니다. 그러나 로이스 때문에 그렇게 되었
다고 나무라는 사람은 아무도 없었습니다.

"로이스는 잘했어. 어느 누구라도 그렇게 했을
거야."

그러나 로이스는 슬펐습니다. 없어진 장미와 돌
아가신 여왕 때문에 슬펐습니다.

"로이스, 아빠가 값이 얼마가 되든 다른
장미나무를 사 오마."

아버지는 슬픔에 잠긴 로이스를 위로
해 주었습니다.

보름날이 다시 돌아왔습니다.
바닷물이 멀리 밀려 나가자,
드러난 땅 위로 많은 여인네
들이 또다시 종종

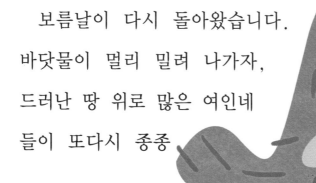

걸음으로 본토로 갔습니다. 그 속에는 어렵게 모은
돈을 주머니에 넣고 장미나무를 사러 가는 로이스
의 아버지도 끼여 있었습니다.

　로이스의 아버지는 작은 장미나무 한 그루를 샀
습니다. 때가 되면 그 섬의 기쁨이 될 수 있기를
바라는 마음에서 샀던 것입니다.

　그런데 하늘에 검은 구름이 몰려왔습니다.

　"비가 쏟아질 것 같아요. 시간이 별로 없습니다.
어서 서두릅시다."

　로이스의 아버지가 하늘을 쳐다보며 말했습니다.

　부리나케 일을 마친 사람들이 모래뻘 위로 우르
르 달려갔습니다. 로이스의 아버지도 성큼성큼 따
라갔습니다.

　"바닷물이 밀려오기 전에 섬에 도착해야 해요!"

　마을 사람들은 거의 뛰다시피 바삐 걸음을 옮겨

먼바다 : 육지에서 20~40킬로미터 떨어진 바다.

놓았습니다.

섬은 거의 텅 비어 있었습니다. 일할 수 있는 남자들은 먼바다로 고기를 잡으러 나가고 없었습니다. 남아 있는 사람이라고는 로이스를 비롯한 몇 명의 소녀와 어린애들과 목사뿐이었습니다.

"아니, 하늘이 시커메지잖아? 큰일났네!"

섬에 남아 있던 아이들과 목사님은 불안한 얼굴로 서로 마주 보았습니다.

목사님은 두 손을 모으고 기도를 드렸습니다.

그리고 육지로 나간 사람들이 돌아오는 것을 보기 위해 손에 손을 잡고 바닷가로 달려갔습니다.

'무사해야 할 텐데…….'

로이스도 떨리는 마음을 누르며 바닷가로 나가 서 있었습니다.

"아, 저기들 오시네요!"

로이스가 소리쳤습니다. 저 멀리 어두워지는 모래뻘 위로 사람들의 모습이 개미만하게 보였습니다. 그러나 섬에까지 닿으려면 아직도 까마득했습니다.

바로 그 때, 가장 걱정하던 일이 일어나고야 말았습니다.

"악! 이 일을 어떡해!"

큰 바닷물이 들이닥쳐 가난한 섬을 차츰 에워싸기 시작한 것이었습니다.

집채만한 파도가 섬을 둘러싸고 춤을 추기 시작했습니다. 그 파도는 무서운 기세로 그 개미만한 사람들을 향해 멀리서부터 밀어닥치고 있었습니다.

"아, 주님!"

목사님은 그 자리에서 무릎을 꿇고 기도를 드리기 시작했습니다. 그들이 무서운 바닷물을 피해서

섬으로 오는 일은 불가능해 보였습니다. 아이들도 기도를 하며 울었습니다. 오직 로이스만이 우뚝 선 채 눈을 크게 뜨고 아버지가 있는 쪽을 응시하고 있었습니다.

그런데 이제는 아무도 없는 맞은편 여왕의 기쁨의 섬에서 희미한 한 줄기 불빛이 흘러 나오고 있었습니다. 그 빛은 오직 로이스의 눈에만 보였습니다. 그 빛 속에는 여왕이 서 있었습니다.

'아, 여왕님!'

여왕의 모습은 아스라하게 멀었지만, 로이스는 교회에서 사람들이 찬송하고 있을 때 보았던 여왕의 모습을 또렷하게 볼 수가 있었습니다. 그러나 여왕의 눈은 더 이상 눈물에 젖어 있지 않았고, 부드러운 사랑의 미소를 띠고 있었습니다.

여왕은 로이스를 향해 미소를 짓고 있었습니다.

여왕의 손에는 아홉 송이의 빨간 장미와 초록색 이
파리들이 쥐어져 있었습니다.

"철썩, 우르릉……!"

마침내 무서운 파도가 무섭게 몰아쳐 가난한 섬
사람들의 발 밑까지 바짝 몰아닥쳤습니다. 바로 그
때, 여왕이 쥐고 있던 꽃과 이파리들을 파도 위에
뿌렸습니다. 이미 바닷물이 온 섬 주위를 가득 뒤
덮은 뒤였습니다.

그런데 그 순간, 놀라운 일이 펼쳐졌습니다.

"아, 여왕님! 이럴 수가!"

사람들을 다 집어삼킬 듯 밀려온 바닷물은 바닷
물이 아니었습니다. 수많은 초록색 이파리들과 빨
간 장미꽃들이었습니다. 장미의 물결이 섬과 육지
를 길게 이어 주었고, 그 장미 다리 위로 사람들은
발을 적시지 않고 섬으로 걸어올 수 있었습니다.

139 가난한 섬의 기적

"아빠!"

"오, 로이스!"

로이스의 아버지도 새 장미나무를 안은 채 무사히 돌아왔습니다.

이 기적을 믿지 못하시겠다고요? 그러면 시간을 내서 직접 가난한 섬에 한번 가 보세요. 그 곳에는 지금도 수많은 장미꽃이 아름답게 자라고 있답니다!

콘도르를 울린 작은 새

어느 깊은 산 속 마을에 양을 치며 늙은 부모님을 정성껏 섬기는 아가씨가 있었습니다. 그 아가씨는 혼자서 모든 집안일을 해야 했기 때문에, 늘 남자처럼 모자를 푹 눌러 쓰고 양 떼를 몰고 다녔습니다.

"워! 워!"

여자의 몸으로 나무를 하고 양을 치는 일은 매우 힘들었지만, 부모님은 너무 나이가 많았기 때문에 어쩔 수가 없었습니다.

"얘야, 너한테 너무 무거운 짐을 지우고 있구나. 정말 미안하다."

아가씨의 부모님은 연약한 딸이 남자들도 하기 힘든 일을 불평 없이 하는 것을 보고 몹시 마음 아파하였습니다.

그러면 아가씨는 생글생글 웃으며 말했습니다.

"하나도 힘들지 않아요. 그러니 아무 걱정 하지 마세요."

어느 날, 아가씨는 새벽 일찍 양 떼를 몰고 들판으로 나갔습니다. 일찍 나가야 좋은 풀을 남보다 많이 양 떼들에게 먹일 수 있었기 때문이었습니다.

그 때 처음 보는 사람이 다가오더니 아가씨에게

말했습니다.

　"이렇게 이른 새벽에 양 떼를 몰고 나오다니, 당신은 부지런하군요. 아름다운 아가씨, 저와 결혼해 주시지 않겠습니까?"

　아가씨는 놀라서 가만히 낯선 청년을 바라보았습니다. 검은 망토를 걸친 청년은 목에 황금 목걸이를 걸고 있었습니다. 처음 만났지만 청년의 모습이 낯설지도 않았고, 멋져 보였습니다.

　"네, 그러겠어요."

　아가씨는 청년의 청혼을 허락했습니다.

　그러나 집으로 돌아가서 부모님에게는 청년에 관해서 아무 이야기도 하지 않았습니다. 부모님이 걱정하실 것 같아서였습니다.

　그 뒤부터 아가씨와 청년은 날마다 풀밭에서 만났습니다.

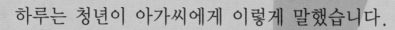

하루는 청년이 아가씨에게 이렇게 말했습니다.

"이제는 우리 집으로 가서 같이 삽시다. 나는 당신에게 우리 집을 보여 주고 싶소. 나중에 부모님도 나를 보시면 좋아하실 겁니다."

잠시 생각해 본 아가씨는 고개를 끄덕였습니다. 청년의 행동이 믿음직스러웠기 때문입니다.

아가씨는 그 날 밤 부모님의 잠자리를 봐 드린 다음, 조용히 짐을 꾸렸습니다.

'어머니, 아버지, 건강하세요. 곧 다시 뵙게 될 거예요.'

아가씨는 잠을 자지 않고 새벽이 되기만을 기다렸습니다. 이른 새벽에 아가씨는 다른 날과 다름없이 양 떼를 몰고 집을 나왔습니다.

"어머니, 아버지, 저 일 나갑니다."

"오냐, 오늘도 수고가 많겠구나. 조심하거라."

아가씨는 부모님에게 아무 말도 하지 않고 그냥 나온 것이 죄송했습니다.

이제 자기가 없으면 모든 생활을 어떻게 꾸려 나가실지 걱정이 이만저만이 아니었습니다.

'내가 빨리 돌아오면 돼.'

아가씨는 차마 떨어지지 않는 발걸음으로 집을 떠났습니다. 양 떼를 이끌고 풀밭으로 나온 아가씨는 청년이 오기만을 기다렸습니다. 그러나 청년은 한낮이 되어서야 나타났습니다.

청년은 오자마자 아가씨의 옷깃을 잡으며 급히 말했습니다.

"어서 갑시다. 당신 부모님 때문에 당신을 놓치고 싶지 않다오."

청년이 하도 급히 서두르는 바람에 아가씨는 그의 말대로 따라야 했습니다.

"지금 바로 떠날 테니 눈을 꼭 감아요. 내가 눈
을 뜨라고 할 때까지 절대로 눈을 뜨면 안 돼요.
알았지요?"

"네."

아가씨가 대답을 하고 눈을 감자마자, 청년은 느
닷없이 한 마리의 커다란 새로 변했습니다.

그 새는 콘도르였습니다. 콘도르는 몹시 사나운 새이니만큼 그 모습도 매서워 보였습니다.

콘도르가 그 동안 점잖은 청년의 모습을 하고 있었던 것은 모두 아가씨의 마음을 사로잡기 위해서였습니다.

"그럼 이제 날아가겠습니다!"

콘도르는 하늘로 훌쩍 날아오르더니 쉬지 않고 날아갔습니다. 아가씨는 두 눈을 꼭 감고 두근거리는 마음을 가라앉히려고 애썼습니다. 아가씨의 귓가로 바람이 쌩쌩 지나갔습니다. 몇 개의 산을 넘은 뒤에야 콘도르는 자기 집에 도착했습니다.

"다 왔습니다. 이제는 눈을 떠도 돼요."

아가씨는 그 목소리를 듣고 살그머니 눈을 떴습니다.

"어머나!"

눈을 뜬 순간, 아가씨는 기겁을 하고 놀라면서 도망을 치려고 했습니다.

콘도르가 아가씨를 붙잡으면서 말했습니다.

"잠깐만! 놀라지 말아요. 나는 콘도르예요!"

아가씨는 그저 놀랍고 무서워 흐느껴 울고만 있었습니다.

"마음을 가라앉히고 일단 집 안으로 들어가도록 합시다."

콘도르는 부리로 아가씨의 등을 밀어 자기의 굴 안으로 밀어 넣었습니다.

굴 속에는 여기저기 콘도르가 먹다 남긴 짐승의 뼈다귀들이 널려 있었습니다.

'아이, 끔찍해!'

아가씨는 너무나 무섭고 소름이 끼쳐 쳐다볼 수도 없었습니다.

그 날부터 아가씨는 웃음을 잃어버렸습니다. 날마다 한숨만 쉬면서 자신의 불행한 처지를 슬퍼하였습니다.

'내가 너무 잘못 생각했어. 늙으신 부모님을 그렇게 버려 두고 오는 것이 아니었는데…….'

아가씨는 부모님 걱정으로도 마음이 편치 않았습니다.

'어떡해야 집으로 돌아갈 수 있을까?'

아가씨는 날마다 그 생각만 하며 보냈습니다.

한편, 딸을 잃어버린 부모는 걱정 때문에 단 하루도 편히 지낼 수가 없었습니다. 대문 밖에 나와서 딸이 돌아오기만을 기다리며 지냈습니다. 딸과 마찬가지로 부모님도 눈물로 나날을 보내고 있었습니다.

그러던 어느 날, 눈물을 흘리는 어머니 앞으로

작은 새 한 마리가 포르르 날아오더니 말했습니다.

"짹짹! 딸은 굴 속에 갇혀서 울고 있답니다."

작은 새는 계속 어머니의 주위를 날아다니면서
이 말을 되풀이했습니다.

그러나 어머니는 작은 새가 자기를 놀리는 줄로
만 알고 돌을 던져 쫓았습니다.

"어허! 저리 가지 못해!"

마음이 언짢은 어머니는 소리쳐서 작은 새에게 겁을 주었습니다.

그러자 작은 새는 찔끔하며 멀리 날아가 버렸습니다.

'애가 무사해야 할 텐데……'

그런데 며칠 뒤에 작은 새가 다시 날아와서 어머니에게 말했습니다.

"딸은 지금 굴 속에서 엉엉 울고 있답니다."

작은 새는 지난번에 했던 말과 똑같은 말을 되풀이했습니다. 그러자 어머니도 궁금해졌습니다.

'참 이상한 일이네? 저 작은 새가 뭘 안다고 우리 딸 얘기를 하지?'

그래서 어머니는 작은 새에게 물어 보았습니다.

"정말 네가 우리 딸이 어디에 있는지 안단 말이냐?"

작은 새가 그렇다는 듯 부리를
까닥까닥해 보였습니다.

"네. 그런데 딸이 있는 곳을
가르쳐 드리기 전에 한 가지 해
주셔야 될 일이 있어요."

"말해 봐라. 뭘 해 주면 되겠니?"

"저번에 돌을 던져 제 다리를 부러뜨렸잖아요?
제 다리가 낫도록 치료해 주고, 배가 고프니 제
가 먹을 만한 것을 좀 주세요."

어머니가 고개를 끄덕였습니다.

"그래, 그런 거라면 해 줄 수 있지."

어머니는 작은 새의 다리를 천으로 잘 동여매 주
고 먹을 것도 주었습니다.

어머니는 마음이 급해서 작은 새를 마구 재촉했
습니다.

"어서 말 좀 해 다오. 내 딸이 어디에 있지?"

작은 새는 콩을 톡톡 쪼아먹으며 말했습니다.

"지금 딸은 저 높은 산 속에 있는 굴 안에 갇혀 있어요. 날마다 울고 있는 걸 보았어요."

어머니의 마음은 찢어지는 듯이 아팠습니다.

"새야, 부탁한다. 제발 우리 딸 좀 구해 주지 않겠니? 내 딸만 구해 준다면, 날마다 맛있는 것을 만들어 주마."

어머니는 직접 산 속으로 찾아갈 수 없었으므로 작은 새에게 간곡히 부탁을 했습니다.

어머니의 눈물에 마음이 움직인 작은 새는 딸을 찾아다 주기로 약속했습니다. 그래서 그 길로 산 위를 향해 날아갔습니다.

다행히 작은 새가 굴에 찾아갔을 때는 콘도르가 없었습니다. 아가씨는 부모님 생각에 혼자 눈물짓고 있었습니다.

작은 새는 얼른 아가씨 옆으로 날아가서 작은 소
리로 말했습니다.

"아가씨, 지금 집에서는 부모님이 아가씨 걱정
때문에 울고 계세요. 날마다 슬퍼하시느라고 음
식도 드시지 않고 계세요."

"오, 그래?"

작은 새의 말을 들은 아가씨는 가슴이 미어지는
듯이 아팠습니다.

그래서 아가씨는 작은 새에게 말했습니다.

"나를 좀 우리 집으로 데려다 줄 수 있겠니?"

아가씨의 말에 작은 새가 말했습니다.

"그럼 서둘러 짐을 챙겨요. 무서울 테니까 내 다
리를 꼭 붙잡아요."

"알았어."

아가씨는 얼른 짐을 챙긴 다음, 작은 새의 다리를 꼭 붙잡고 눈을 감았습니다.

"그럼 출발해요."

작은 새는 하늘을 날아서 한참만에 아가씨를 무사히 집에 데려다 주었습니다. 가슴을 졸이며 딸을 기다리고 있던 부모님은 너무나 기뻐서 딸을 얼싸안고 뜨거운 눈물을 흘렸습니다.

"애야! 죽은 줄로만 알았는데 살아서 돌아왔구나."

아가씨의 부모님은 작은 새가 너무나 고마웠습니다. 그래서 맛있는 음식을 여러 가지 만들어 대접했습니다.

딸도 작은 새에게 고맙다고 인사를 했습니다.

작은 새는 아가씨의 가족에게 앞으로 주의할 점을 알려 주었습니다.

"아직 안심할 때가 아니에요. 아가씨가 없어진 것을 알면, 콘도르가 딸을 찾으러 이리 올 거예요. 그러니 조심해야 해요."

작은 새는 다짐을 한 뒤 포르르 날아서 숲 속으로 날아가 버렸습니다.

"얘야, 도대체 어찌 된 일인지 말해 보려무나."

"네, 아버님."

아가씨는 부모님에게 그 동안에 있었던 일을 모두 다 말씀드렸습니다.

"정말 잘못했습니다. 아무 말 없이 집을 나가 걱정을 끼쳐 드려서요."

"무사하게 돌아왔으니 됐다."

가족은 그저 다시 만난 것이 기쁘기만 했습니다.

아가씨의 집을 떠난 작은 새는 콘도르가 살고 있는 산 위의 굴을 찾아갔습니다. 마침 콘도르는 굴에 없었습니다.

　작은 새는 굴 옆에 있는 샘으로 가 보았습니다.
누구에겐가 도움을 청하기 위해서였습니다. 샘가에
는 개구리가 놀고 있었습니다.

　"개구리야, 부탁 하나 해도 돼?"

　"무슨 부탁인데?"

　"콘도르가 돌아오면 아가씨로 둔갑 좀 해 줄 수
있겠니?"

　"네 부탁이 옳은 일이니, 나쁜 일이니? 그것만
말해 봐. 나는 나쁜 일은 하기 싫단 말이야."

　"옳은 일이야. 가엾은 아가씨와 늙은 부모님을
돕는 일이란다."

　"좋아. 그럼 어떻게 해야 하는지 말해 봐. 내가
그대로 할게."

"콘도르가 와도 못 본 체하고 그냥 딴청만 부리고 있도록 해. 그러다가 콘도르가 화를 내면 얼른 물 속으로 뛰어들어가 버려. 그렇게 할 수 있겠어?"

"그럼! 잘할 수 있어."

개구리는 펄쩍 한 바퀴를 돌더니 곧 아가씨로 변했습니다. 정말 똑같았습니다. 그리고 샘가에 앉아서 빨래를 하기 시작했습니다.

그 때 먹이를 구하러 나갔던 콘도르가 돌아왔습니다.

"당신, 샘가에서 지금 뭘 하는 거야? 굴 안에만 있으라고 했잖아!"

아가씨로 변한 개구리는 작은 새의 말대로 못 본 체하며 계속 빨래만 했습니다.

그러자 콘도르가 버럭 화를 냈습니다.

"왜 내 말을 들은 척도 안 하는 거야? 빨리 굴로 들어가서 밥상을 차리란 말이야! 누가 빨래를 하라고 했어? 엉?"

콘도르는 화를 참지 못해서 마구 소리를 질렀습니다. 그러자 놀란 개구리는 작은 새가 말했던 것처럼 물 속으로 풍덩 뛰어들어가 버렸습니다.

콘도르는 깜짝 놀라서 물 속을 들여다보며 소리쳤습니다.

"여보! 들어가면 안 돼! 이걸 어쩌나?"

콘도르는 발을 동동 굴렀습니다. 그러나 물 속에는 아무도 없었습니다. 아무리 불러도 아가씨가 나오지 않자, 콘도르는 싹싹 빌기 시작했습니다.

"내 귀여운 신부야, 어서 나와.

이제는 무섭게 굴지 않을게.

빨래를 해도 괜찮아."

그 광경을 지켜 보던 작은 새가 포르르 날아가 콘도르에게 말했습니다.

"이젠 소용 없다고! 네 신부는 이미 집으로 돌아 가 버렸는걸. 콘도르에게 속은 것을 식구들이 다 알게 됐단 말이야!"

"뭐라고?"

콘도르는 작은 새를 잡아먹기라도 할 듯 무섭게 노려보며 물었습니다.

"그럼 네가 내 신부를 집에 데려다 준 거야?"

작은 새는 부리를 저으며 말했습니다.

"천만에요! 나는 그만한 힘이 없답니다. 나는 작 은 새잖아요."

"그건 그래! 어림도 없지!"

다음 날 콘도르는 아내를 찾으러 아침 일찍 아가 씨의 집을 찾아갔습니다.

물론 집 앞에서는 다시 멋진 청년으로 둔갑을 했습니다.

"실례합니다. 아가씨를 만나러 왔습니다."

그러나 작은 새로부터 주의 사항을 다 들은 아가씨와 부모님은 절대로 문을 열어 주지 않았습니다.

'흥! 나쁜 콘도르 같으니라고!'

콘도르는 할 수 없이 혼자 산으로 되돌아가야만 했습니다.

콘도르가 돌아간 뒤에 작은 새가 아가씨의 집을 찾아왔습니다. 작은 새는 또 한 번 주의를 주었습니다.

"콘도르가 다시 올 겁니다. 그러니 조심하세요. 독과 담요를 준비해 두고, 고추씨가 있거든 제게 좀 주세요."

"자, 여기 있어."

작은 새는 고추씨를 받아 들고 콘도르가 사는 산 위의 굴로 갔습니다.

"어, 저 괘씸한 놈이 또 왔어?"

작은 새를 본 콘도르는 화를 참지 못하며 작은 새를 붙잡으려고 애를 썼습니다.

"단숨에 죽여 버리겠다!"

작은 새는 콘도르를 피해 날아다니다가 바위 틈에 있는 구멍 속으로 쏙 들어가 버렸습니다.

"용용 죽겠지? 어디 한번 날 잡아 봐! 이젠 내가 너를 잡을 차례일걸?"

콘도르는 작은 새가 숨어 있는 바위 틈으로 부리를 들이밀었습니다.

"빨리 나와! 가만 두지 않을 테다!"

그러나 작은 새는 느긋하게 구멍 안쪽에서 고추씨를 쪼았습니다.

"빨리 안 나와? 코딱지만한 놈이 나를 놀려?"

콘도르는 펄펄 뛰며 작은 구멍 안으로 얼굴을 들이밀려고 했습니다.

그 때를 기다린 작은 새는 쪼아 놓은 매운 고추 씨를 콘도르에게 확 뿌렸습니다.

"아이쿠, 매워라! 내 눈!"

콘도르는 미친 듯이 사방으로 날뛰었습니다. 콘도르가 눈을 뜨지 못하는 사이에 작은 새는 재빨리 구멍 속에서 나올 수 있었습니다. 작은 새는 곧장 날아서 아가씨의 집을 찾아갔습니다.

"아가씨, 빨리 물을 끓여요. 그리고 준비해 놓은 독에 끓인 물을 부어요. 그리고 독 위에다 담요를 살짝 덮어 두세요. 빨리빨리요!"

"알았어요!"

아가씨와 가족들은 작은 새의 말대로 다 하였습니다. 장작불을 지펴 물을 팔팔 끓여 독에 부은 다음, 그 위에 담요를 걸쳐 놓았습니다. 그러자 꼭 의자처럼 보였습니다.

막 준비를 다 마쳤을 때, 콘도르가 아가씨의 집으로 찾아왔습니다.

"문 열어요! 당신 딸이 보고 싶어서 왔으니 당장 문 열라고요!"

서슬 푸른 콘도르의 말에 아가씨의 부모들은 벌벌 떨며 문을 열어 주는 척, 콘도르를 집 안으로 들어오게 했습니다.

콘도르의 눈은 작은 새의 말대로 시뻘겋게 되어 있었습니다. 그리고 퉁퉁 부어 있었습니다.

"우리 딸은 지금 이웃 집에 심부름을 가고 없어요. 금방 돌아올 테니까 잠깐 앉아서 기다리도록

서슬 푸른 : 말이나 행동의 기세가 아주 대단한.

세계 교과서 동화
164

해요."

아가씨의 어머니는 정중하게 콘도르에게 의자를 내 주었습니다. 장작불로 팔팔 끓인 물을 붓고 담요를 살짝 덮어 놓은 의자였습니다.

"그럼 잠깐……."

콘도르는 시뻘개진 눈을 비비며 의자 위에 턱 앉았습니다.

그 순간, 콘도르는 스프링처럼 튀어 올랐습니다.

"앗, 뜨거! 콘도르 살려!"

펄펄 끓는 뜨거운 물에 엉덩이를 온통 다 덴 콘도르는 뒤도 돌아보지 않고 도망쳐 버렸습니다. 다시는 아가씨를 찾아올 생각도 할 수 없는 따끔한 벌이었습니다.

"나쁜 짓을 했으면 벌을 받는 게 당연하다는 것을 알아야지!"

꾀 많은 작은 새 때문에 콘도르는 겨우 얻었던 신부를 영영 잃어버리게 되었답니다.

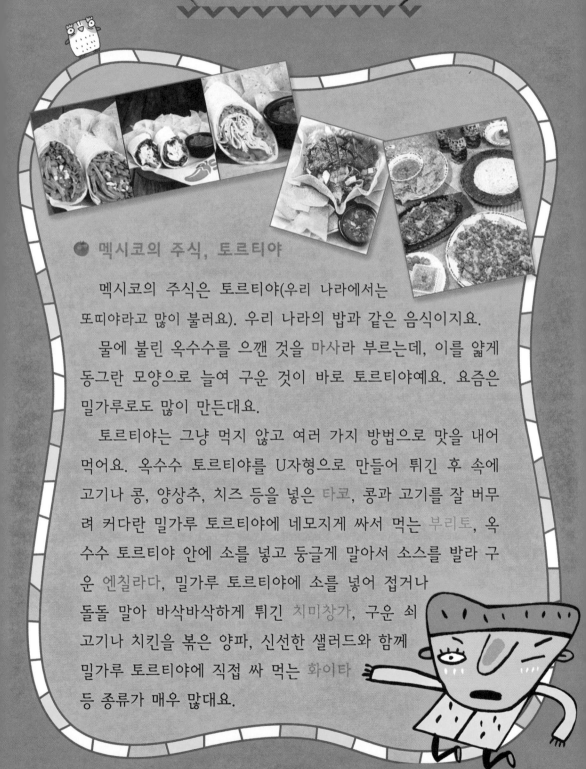

🍅 멕시코의 주식, 토르티야

멕시코의 주식은 토르티야(우리 나라에서는 또띠야라고 많이 불러요). 우리 나라의 밥과 같은 음식이지요.

물에 불린 옥수수를 으깬 것을 마사라 부르는데, 이를 얇게 동그란 모양으로 늘여 구운 것이 바로 토르티야예요. 요즘은 밀가루로도 많이 만든대요.

토르티야는 그냥 먹지 않고 여러 가지 방법으로 맛을 내어 먹어요. 옥수수 토르티야를 U자형으로 만들어 튀긴 후 속에 고기나 콩, 양상추, 치즈 등을 넣은 타코, 콩과 고기를 잘 버무려 커다란 밀가루 토르티야에 네모지게 싸서 먹는 부리토, 옥수수 토르티야 안에 소를 넣고 둥글게 말아서 소스를 발라 구운 엔칠라다, 밀가루 토르티야에 소를 넣어 접거나 돌돌 말아 바삭바삭하게 튀긴 치미창가, 구운 쇠고기나 치킨을 볶은 양파, 신선한 샐러드와 함께 밀가루 토르티야에 직접 싸 먹는 화이타 등 종류가 매우 많대요.

샌드 힐의 수사슴

　샌드 힐이라는 산 속에 덩치가 아주 큰 수사슴 한 마리가 살고 있었습니다.

　이 사슴은 몸집이 클 뿐만 아니라, 이마 위에 멋들어진 뿔을 가지고 있었습니다. 근방에 사는 사냥꾼이나 인디언 들은 이 수사슴을 '샌드 힐의 수사슴' 이라고 불렀습니다.

많은 사냥꾼들이 이 수사슴을 잡으려고 쫓아다녔지만 아무도 잡지 못했습니다.

젊고 유능한 사냥꾼인 톰도 그 사슴을 쫓고 있던 사냥꾼들 가운데 하나였습니다.

"벌써 1년 이상이나 쫓고 있는데도 잡지 못하다니!"

톰은 오직 그 수사슴만을 노리고 있었습니다.

그런데 수사슴은 보통 영리한 게 아니었습니다. 마치 자기를 잡으려는 사냥꾼들을 비웃기라도 하는 듯이 교묘하게 피해 다녔습니다. 바람처럼 빨리 달릴 수 있는데다 아주 영리했습니다.

"기어이 잡고 말 테다, 샌드 힐의 수사슴아! 어디 두고 보자!"

톰은 몇 번이나 중얼거렸는지 몰랐습니다.

누구보다도 몸이 튼튼할 뿐만 아니라 의지가 굳

세었기 때문에 한번 마음먹은 일은 어떤 일이 있더라도 끝까지 해내는 성질이었기 때문이었습니다.

그래서 톰은 결코 초조하게 굴지 않았습니다.

"언젠가는 반드시 너를 잡고야 말 테다! 발자국만 계속 따라가면 꼭 잡을 수 있다고!"

눈 위에 하얗게 찍힌 몇 개의 발자국 중에서도 유난히 큰 발자국은 물론 그 수사슴의 것이었습니다. 한눈에도 알아볼 수 있었습니다.

톰은 날마다 산을 넘고 강을 건너며 수사슴의 뒤를 쫓았습니다. 이렇게 시간이 흐르는 사이에, 톰은 어느덧 전문가가 다 되었습니다. 그래서 어느 사슴이라도 그 발자국만 봐도 언제의 것인지 금세 알 수가 있었습니다.

"야! 이것은 겨우 2,3일 전의 발자국이구나."

아주 추운 어느 날, 톰은 숲 속의 나무꾼한테 귀

에 솔깃한 말을 들었습니다.

"내가 어젯밤에 두 마리의 사슴을 봤는데, 한 마리는 무지무지하게 큰 수놈이었어요. 샌드 힐의 수사슴이 틀림없어요."

톰은 나무꾼이 가르쳐 준 곳으로 곧장 뛰어갔습니다. 발자국은 네 개, 그 중 두 개는 톰의 눈에도 분명히 샌드 힐의 수사슴 것이었습니다.

톰은 온종일 그 발자국을 뒤쫓아갔습니다. 그 다음 날도 계속 두 마리의 사슴 뒤를 쫓았습니다. 그리고 숲이 우거진 언덕에 이르렀을 때, 숲 속에서 새처럼 움직이고 있는 것을 하나 발견하였습니다.

"샌드 힐의 수사슴이다."

톰은 소리 없이 총을 겨누었습니다. 그렇지만 웬일인지 총을 쥔 손이 덜덜 떨리는 것이었습니다. 마음이 안정되지 않았습니다.

⭐ 171 샌드 힐의 수사슴 🦌

"아, 내가 왜 이러지? 저놈은 그저 한 마리의 수
사슴이 아닌가?"

아무리 스스로를 타일러도 톰은 마음이 가라앉지
않아 방아쇠를 잡아당길 수가 없었습니다. 그러자
수사슴은 조용히 톰을 돌아보았습니다. 한없이 온
순한 수사슴의 눈은 마치 톰에게 이렇게
말하는 듯했습니다.

'네가 날 죽이려고 하니?'

더 이상 기다리면 안 됩니다.

"에잇!"

톰은 눈을 질끈 감고 방아쇠를 잡아당겼습니다.

"탕, 탕탕!"

그 순간, 수사슴이 후닥닥 뛰기 시작했습니다.

이어서 가까이에 있던 암사슴도 나는 듯 뛰기 시작

했습니다.

"타탕, 탕탕!"

톰은 미친 듯이 쉬지 않고 총을 쏘아 댔습니다. 그렇지만 샌드 힐의 수사슴과 암사슴은 마치 날개 라도 달린 듯 언덕 저 아래로 뛰어 달아나고 말았 습니다.

톰은 화가 치미는 것을 참을 수가 없었습니다.

'정말 바보다! 1년 이상이나 샌드 힐의 수사슴을 뒤쫓았는데 이렇게 놓쳐 버리다니! 그 따위 수사 슴 앞에서 덜덜 떨다니!'

톰은 용기 없던 자신이 더욱 초라해 보여 화가 났습니다. 그래서 이번에는 아예 친구와 같이 수사 슴을 쫓기로 하였습니다.

그리고 마침내 어느 날, 샌드 힐의 수사슴의 아 내인 암사슴을 쏘아 맞히는 데 성공했습니다.

총에 맞은 암사슴은 죽을 힘을 다해서 일어나려

고 버둥거리기 시작했습니다.

그렇지만 이미 그럴 힘이 암사슴에게는 남아 있지 않았습니다.

'내가 이렇게 죽어야 할 무슨 죄가 있나요?'

커다란 눈 가득 눈물을 담고 암사슴은 호소하듯, 톰과 또 한 사람의 사냥꾼을 올려다보고 있었습니다. 정말 맑고 슬픈 눈이었습니다.

"아아!"

톰은 그 눈길을 차마 보지 못하고 얼른 피했습니다. 암사슴은 곧 죽었습니다.

그 날 밤, 톰은 그 친구와 산 속에서 하룻밤을 지냈습니다. 활활 타오르는 모닥불 곁에 누운 톰의 눈 속에 죽어 가던 암사슴의 큰 눈망울이 어른거려

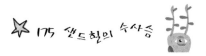

175 샌드힐의 수사슴

잠을 잘 수가 없었습니다. 결국 톰은 뜬눈으로 그 밤을 지새웠습니다.

그러나 그 다음 날 아침, 눈 위에 뚜렷하게 찍힌 수사슴의 커다란 발자국을 보자, 톰의 마음 속에는 수사슴을 잡고 싶은 마음이 불끈 솟아올랐습니다.

"암사슴을 못 잊어 우리 곁을 뱅뱅 돌고 있구나! 이번에는 반드시 잡고 말 테다!"

같이 온 친구는 죽은 암사슴을 가지고 그만 내려 가고 싶어했습니다.

"그럼 먼저 내려가게. 나는 안 가. 기어이 그놈 을 만나 볼 거야."

"좋아, 나 먼저 갈게."

톰은 약간의 식량을 나눠 받은 후에 눈 속에 뚜 렷이 남겨진 커다란 발자국을 따라 다시 움직이기 시작했습니다.

하루가 훌쩍 지나가고 톰은 또다시 밤을 맞이했
습니다.

샌드 힐의 수사슴은 나뭇잎이 흔들리는 소리를
듣고, 벌써부터 톰이 자기를 뒤따르는 것을 눈치채
고 있었습니다. 슬픈 마음을 가누지 못하면서도 수
사슴은 다시 톰으로부터 도망치지 않으면 안 될 처
지에 놓였습니다.

톰은 한 발짝 한 발짝 수사슴의 뒤를 쫓고 있었
습니다. 샌드 힐의 수사슴은 피로한 기색을 보이기
시작했습니다. 제대로 먹지도 못했고, 자지도 못했
기 때문이었습니다.

톰은 드디어 수사슴을 잡을 수 있는 위치에 몰아
넣고야 말았습니다.

'이젠 됐다! 너는 도망칠 수 없어.'

톰은 바람 부는 쪽으로 슬쩍 몸을 숨겼습니다.

수사슴은 앞이 잘 내다보이지 않는 숲 속이었기 때문에 커다란 두 귀만 쫑긋거리고 사방을 두리번거리고 있었습니다.

톰은 사슴을 유인해 내기 위해 불쑥 휘파람을 불었습니다.

"휘익, 휙!"

그러자 갑작스러운 소리에 놀란 수사슴이 수풀 속에서 몸을 드러내고 말았습니다.

"오! 샌드 힐의 수사슴아, 결국 나왔구나!"

톰의 마음 속에 승리의 기쁨이 퍼져 나갔습니다.

톰은 눈앞의 사슴을 노려보았습니다. 드디어 그 유명한 샌드 힐의 수사슴이 바로 자기 눈앞에 서 있게 된 것입니다. 이제 수사슴의 목숨은 톰의 손 안에 있었습니다.

"쏴야지! 쏴야 해!"

톰은 총을 겨눴지만 결코 쏘지는 못했습니다.

수사슴의 커다란 두 눈에 슬픔이 가득 고여 있었습니다.

그 눈은 마치 갈등하는 톰의 마음 속을 환하게 들여다보고 있는 것 같았습니다.

"내가 당신에게 무슨 죄를 지었나요?"

며칠 전에 암사슴의 눈에서 본 슬픈 빛이 또다시 생각났습니다.

톰은 더 이상 수사슴의 눈을 마주 바라볼 수가 없었습니다. 수사슴의 목숨을 빼앗기는커녕, 도리어 그를 든든히 보호해 주고 싶은 생각이 간절히 들었습니다.

"그래! 내가 잘못했다. 얼마나 아름다운 눈길이냐? 네 고운 눈을 들여다보고 있노라니, 나의 욕

갈등 : 마음 속에 두 가지 이상의 욕구가 생겨 괴로워함.

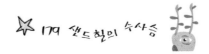
179 샌드힐의 수사슴

심 많은 마음이 부끄럽기만 하구나. 샌드 힐의
수사슴아, 어서 네 안전한 집으로 돌아가려무나.
이제 다시는, 다시는 너를 쫓지 않겠다!"
"…………."
수사슴은 톰의 마음을 헤아릴 수 있다는 듯, 고
요한 눈길로 잠시 바라보다가 조용히 숲 속으로 사
라졌습니다.

"안녕! 안녕!"

톰은 수사슴의 모습이 눈에서 완전히 보이지 않을 때까지, 붙박인 듯 그 곳에 선 채 움직일 줄 몰랐답니다.

키득키득,
깔깔깔깔,
하하하하, 흐흐흐,
우아, 재미있다!

더 보면 안 돼요?

이제 그만
보고 자거라.

에이,
왜요?

잠잘 시간이니까!
게다가 아이들이
보는 내용이
아니잖아.

왜 아니에요?
뽀뽀하는 게
나오는 것도
아닌데….

무슨 소리야?
내일 아침 일찍
학교에 가야
되잖아!

학교는 매일
가잖아요, 뭐.

그래!
그러니까
어서 자야지!

쳇, 제가 들어
가면 아빠는
계속 보려고
그러시죠?

난 텔레비전은
딱 질색이라고.
이제 껐으니
그만 자.

다른 애들은 다 늦게 잔다고요. 저만 만날 일찍 자란 말예요.

다른 애들은 다른 애들이고, 너는 너야. 어서 들어가.

방에 들어가도 안 잘 거예요. 부엉이처럼 뜬눈으로 지샐 거예요.

말대꾸 하지 마!

싫어요. 제 입 가지고 제 맘대로 말도 못 해요? 아빠나 참견하지 마세요.

어유, 내가 너 때문에 못 살아! 누가 너한테 그런 버릇없는 짓을 가르치던?

너는 아빠가 불쌍
하지도 않니? 매일
너를 위해서 아침부
터 밤까지 힘들게
일을 한다고.

그런데
너는 아빠한테
버릇없이
굴기만 하고.

아빠, 죄송해요.
이제부터는
아빠 말씀 잘
들을게요.

오, 그래? 정말 기쁘구나! 그럼, 아빠한테 뽀뽀해 주고 들어가 자렴.

그런데 아빠, 왜 텔레비전을 계속 보면 안 돼요?

끙!

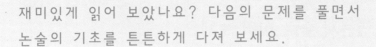

논술 기초 다지기

재미있게 읽어 보았나요? 다음의 문제를 풀면서
논술의 기초를 튼튼하게 다져 보세요.

1 〈밤을 켜고, 불을 켜고〉에 등장하는 어둠의 모습으로 맞지
않는 것을 모두 찾아 ○하세요.

① 새하얀 얼굴　　② 까만 머리카락　　③ 새하얀 구두

④ 검은 눈동자　　⑤ 새하얀 옷　　　　⑥ 검은 옷

2 (　　) 안의 말 중에서 알맞은 쪽에 ○하세요.

★ 아침을 먹은 것이 (체한 / 채한) 것 같아요.

★ 입맛이 없어서 밥 한 (숫가락 / 숟가락)을 덜어 냈어.

★ (아뭏든 / 아무튼) 물은 충분히 있잖아요.

★ 아주 작은 둑을 (쌓고 / 쌌고) 있는 비버들을 만났습니다.

★ 조용하던 마을이 (시끌벅쩍 / 시끌벅적) 소란스러워졌어요.

3 〈영광입니다, 임금님〉에서, 농부의 뒷간에 다녀온 임금님이
어딘지 불편해 보이는 얼굴을 한 것은 무슨 까닭일까요?

4 '떠오르는 해', '버드나무 가지'는 인디언의 이름이에요.
가족이나 친구들의 이름을 인디언식으로 지어 보세요.

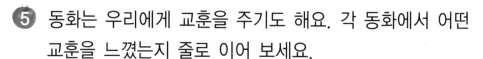

5 동화는 우리에게 교훈을 주기도 해요. 각 동화에서 어떤
교훈을 느꼈는지 줄로 이어 보세요.

〈우물의 요정〉★   ★ 나쁜 짓을 하면 벌을 받는다.

〈콘도르를 울린 작은 새〉★   ★ 착한 사람은 복을 받는다.

6 〈할아버지의 신기한 선물〉에서 요술 지팡이가 어떤 종류의
것으로 변했는지 가장 알맞은 설명에 ○하세요.

① 집에서 기를 수 있는 것   ② 먹는 것   ③ 탈 수 있는 것

7 〈이 강은 내 거야〉에서 후아레스가 깨달은 것은?

① 자연은 내 마음대로 해도 된다.

② 자연은 이 세상 모든 생물의 것이다.

③ 자연은 힘센 사람의 것이다.

④ 사람이 자연보다 위대하다.

8 〈가난한 섬의 기적〉을 읽고 느낀 점을 마음껏 써 보세요.

9 〈샌드 힐의 수사슴〉에서, 톰은 왜 그토록 쫓아다니던
수사슴을 그대로 놓아 주었을까요?